8월에 만나요

가브리엘 가르시아 마르케스 소설
송병선 옮김

8월에 만나요

EN AGOSTO NOS VEMOS

GABRIEL GARCÍA MÁRQUEZ

민음사

EN AGOSTO NOS VEMOS

by Gabriel García Márquez

차례

프롤로그

아버지는 마지막 몇 년 동안 기억 상실증을 앓았습니다. 쉽게 상상할 수 있듯이, 그건 모두에게 참으로 힘든 일이었습니다. 특히 기억 상실로 인해 평소처럼 정확하고 엄밀하게 계속 글을 쓸 가능성은 희박해졌고, 이것이 그에게는 절망과 좌절의 원천이었습니다. 언젠가 아버지는 위대한 작가로서 분명하고 감동적으로 우리에게 말했습니다. “기억은 내 원자재이자 도구야. 그게 없으면 아무것도 없지.”

『8월에 만나요』는 온갖 역경에 맞서 창작을 이어가려는 마지막 노력의 결실입니다. 예술가의 완벽주의가 정신적 능력의 소실과 시합하는 과정이기도 했습니다. 아버지가 이 작품을 얼마나 오랫동안 수정하고 다듬었는지는 우리 친구 크리스토발 페라가 쓴 ‘편집자의 말’에 자세히 기록되어 있습니다. 그 글이 우리가 쓸 수 있는 것보다 훨씬 더 훌륭하다고 확신합니다.

그 당시 우리가 알았던 것은 "이 책은 아무짝에도 쓸모가 없어. 없애 버려야 해."라는 가보[1]의 마지막 말뿐이었습니다.

우리는 그 원고를 없애지 않았지만, 어떻게 할지는 시간이 결정해 줄 거라는 희망을 품고 한쪽에 놔두었습니다. 아버지가 세상을 떠나고 십 년쯤 지난 후, 우리는 원고를 다시 읽으면서 이 작품이 아주 재미있고 유쾌한 그의 훌륭한 점을 수없이 많이 포함하고 있다는 것을 깨달았습니다. 사실 이 작품은 아버지의 가장 훌륭한 책처럼 아주 완벽하게 다듬어지지는 않았습니다. 몇 가지 흠이 있으며, 약간 아귀가 맞지 않는 부분도 있지만, 가보의 작품에서 가장 훌륭한 것을 즐기는 데 방해가 되는 요소는 없습니다. 즉, 이야기를 만들어 내는 능력, 시적인 언어, 매력적인 문체, 인간에 대한 이해, 그리고 경험과 불행, 특히 사랑과 관련된 모든 것에 대한 애착 등을 고스란히 맛볼 수 있습니다. 사랑은 아마도 아버지의 모든 작품에서 중심이 되는 주제일 것입니다.

---

1 가르시아 마르케스의 애칭. 이하 본문의 각주는 모두 옮긴이 주이다.

우리가 기억하는 것보다 이 책이 훨씬 뛰어나다고 평가하자, 또 다른 가능성이 떠올랐습니다. 가보는 기억력 결핍으로 이 책을 끝내지 못했지만, 또한 불완전해도 이 작품이 얼마나 훌륭한지 깨닫지 못했다는 것입니다. 그래서 우리는 독자들의 기쁨과 즐거움을 나머지 모든 이유보다 우선시하면서 가보의 뜻을 어기기로 했습니다. 독자들이 이 작품을 기린다면, 가보 역시 우리를 용서할 겁니다. 우리는 그걸 굳게 믿습니다.

로드리고 가르시아 바르차,
곤살로 가르시아 바르차[2]

---

2 메르세데스 바르차와 사이에 태어난 가르시아 마르케스의 두 아들.

8월에 만나요

EN AGOSTO NOS VEMOS

1

8월 16일 금요일, 그녀는 오후 3시에 출발하는 여객선을 타고 다시 섬으로 갔다. 청바지와 큰 체크무늬 셔츠를 입고, 맨발에 평범한 로퍼를 신은 채 손에는 새틴 양산과 손가방을 들고 있었다. 짐이라고는 커다란 비치백이 전부였다. 그녀는 부둣가에 줄지어 있는 택시 중에서 소금기에 부식된 낡은 택시로 곧장 다가갔다. 운전기사는 친구처럼 다정하게 인사를 건네며 그녀를 맞았고, 택시는 가난에 찌든 마을을 뒤뚱거리며 가로질렀다. 마을의 집들은 오두막처럼 초라했고, 지붕에는 야자수 잎이 얹혀 있었으며, 불타는 바다 앞의 거리에는 뜨거운 백사장이 펼쳐져 있었다. 운전사는 급히 운전대를 틀어, 두려움을 모르는 돼지들과 투우사 동작으로 택시를 비웃는 벌거벗은 아이들을 피해야 했다. 마을 끝에 도착하자 택시는 해변과 관광 호텔들이 늘어선 대왕 야자나무 가로수 길로 들어섰다. 호텔은 앞이 훤하게 트인 바다와 왜가리들이 서식하는 내륙 석호(潟湖) 사이에 있었다. 마침내 택시는 가장 오래되고 낡은 호텔 앞에 멈추었다.

호텔 관리인은 서명만 하면 되도록 숙박 등록 서류를 준비해 놓고는 석호가 내다보이는 2층의 유일한 객실 열쇠를 들고 기다리고 있었다. 그녀는 한걸음에 네 계단씩 성큼성큼 올라가서 방금 뿌린 살충제 냄새가 나는 허름한 방으로 들어갔다. 커다란 더블 침대가 방을 거의 다 차지하고 있었다. 그녀는 비치백에서 새끼 염소 가죽으로 만든 화장 가방과 책장이 아직 잘리지 않고 붙어 있는 책을 한 권 꺼내, 상아로 된 북 나이프를 읽던 페이지에 끼운 뒤 나이트테이블 위에 놓았다. 그리고 분홍색 실크 슬립을 꺼내 베개 아래에 놓았다. 또한 적도의 새 무늬를 새긴 실크 머리 스카프와 반소매 흰색 셔츠, 그리고 아주 낡은 테니스화를 꺼내 욕실로 가져갔다.

화장하기 전에 그녀는 결혼반지와 오른팔에 차고 있던 남자 시계를 빼서 욕실 수납장 선반에 올려놓고는 서둘러 세수를 하여 여행 중 묻은 때를 씻고 낮잠을 쫓았다. 수건으로 얼굴을 닦고는 거울 속에서 두

차례의 출산에도 불구하고 여전히 동그랗고 거만한 가슴의 무게를 재어 보았다. 그리고 손바닥 가장자리로 뺨을 뒤로 당겨서 젊었을 때 모습을 떠올려 보았다. 목주름은 관심을 두지 않았다. 이제는 어찌할 방법이 없었기 때문이다. 그리고 여객선에서 점심을 먹은 후 바로 양치질을 한 완벽한 치열의 이를 살펴보았다. 데오드란트 스틱을 잘 면도한 겨드랑이에 문지르고, 주머니에 AMB라는 그녀의 이니셜이 새겨진 시원한 면 셔츠를 입었다. 어깨까지 드리운 숱 많은 긴 머리를 빗은 후 새 무늬의 머리 스카프로 말총머리를 묶었다. 마지막으로 무색 바셀린 립밤으로 입술을 부드럽게 했고, 집게손가락을 혀에 적셔서 포르투갈 여인같이 짙은 눈썹을 폈으며, 양쪽 귀 뒤에 '마데라스 데 오리엔테' 향수를 살짝 뿌리고는 마침내 가을에 접어든 어머니의 얼굴로 거울 앞에 섰다. 화장품 흔적조차 없는 피부는 혈색이 좋았고, 감촉은 당밀 같았으며, 토파즈 같은 아름다운 노란색 눈은 짙고 긴 속눈썹과 정말 잘 어울렸다. 자기 자신을 하나하나 꼼꼼히 살펴보았고, 냉정하게 평가했으며, 드디어 스스로 느끼는 것처럼 거의 문제가 없음을 알았다. 반지를 끼고 시계를 차고 난 후에야 늦었다는 것을 깨달았다. 4시 십오 분 전이었지만, 일 분을 할애해 과거를 돌아보면서, 뜨거워 축 늘어진 석호에서 꼼짝도 하지 않는 왜가리들을 쳐다보았다.

택시는 현관의 바나나 나무 아래에서 기다리고 있었다. 운전사는 가는 곳을 말하지도 않았는데 시동을 걸더니 야자수 가로수 길로 나아가서 여러 호텔로 둘러싸인 공터로 달려갔다. 거기에는 야외 시장이 열려 있었고, 택시는 어느 꽃 가게 앞에서 멈추었다. 비치 의자에서 꾸벅꾸벅 졸던 커다란 몸집의 흑인 여자가 경적에 놀라 화들짝 잠에서 깼다. 그녀는 자동차 뒷좌석에 앉은 여자를 알아보더니, 웃으며 이런저런 수다를 떨고는 미리 주문해 놓았던 글라디올러스 한 다발을 건네주었다. 몇 블록 더 가서 택시는 간신히 지나갈 만한 좁은 길로 빠져, 뾰족한 돌들이 깔린 비포장도로로 올라갔다. 더위로 옴짝달싹하지 않는 공기 사이로 넓게 펼쳐진 카리브해와 여객용 항만에 줄지어 정렬한 레저 요트들, 그리고 도시로 돌아가는 4시의 여객선이 보였다. 언덕 위에는 가장 초라하고 볼품없는 공동묘지가 있었다. 그녀는 힘 하나 들이지 않고 녹슨 정문을 밀고서, 꽃다발을 들고 잡초로 숨막혀 하는 분묘들이 늘어선 오솔길로 들어섰다. 가운데 자리한 잎이 커다란 케이폭 나무로 방향을 잡아 그녀는 어머니 무덤을 찾아갔다. 뾰족한 돌과 달궈진 신발 고무창 때문에 아직도 발이 따끔따끔 아팠고, 모질고 가혹한 햇빛은 양산 새틴 천을 파고들었다. 이구아나 한 마리가 덤불에서 나타나 그녀 앞에서 갑자기 멈추더니, 잠시 쳐다보고는 후다닥 도망쳤다.

그녀는 주머니에 넣어 온 원예용 장갑 한쪽을 꼈다. 세 개의 비석 흙먼지를 떨어내고서야 어머니의 이름과 팔 년 전의 사망 날짜가 새겨진 누런 대리석 비석을 알아보았다.

그녀는 매년 8월 16일 같은 시간에 같은 택시로, 그리고 같은 꽃 장수에게 꽃을 사고, 초라하기 그지없는 똑같은 공동묘지의 이글거리는 햇빛 아래서 어머니의 무덤에 신선한 글라디올러스 한 다발을 놓기 위해 이 여행을 반복하고 있었다. 그 순간부터 다음 날 아침 9시까지, 그러니까 돌아가는 첫 번째 여객선이 출발하는 시간까지 그녀는 아무것도 할 일이 없었다.

그녀의 이름은 아나 막달레나 바흐였고, 태어난

지 마흔여섯 해가 지났으며, 그녀가 사랑하고 그녀를 사랑하는 남자와 화목한 결혼 생활을 스물일곱 해 지속하고 있다. 그녀는 예술과 문학 학부를 마치기 전에 결혼했는데, 그때까지 숫처녀였고, 연애도 해 본 적이 없었다. 어머니는 몬테소리 초등 교육에 혁혁한 공을 세운 유명한 선생님이었지만, 마지막 숨을 쉬는 순간까지 평범한 일반인이 되고자 했다. 아나 막달레나는 어머니에게서 황금색 눈의 광채와 과묵함의 미덕, 그리고 자기 기질을 관리할 지성을 물려받았다. 그녀 가족은 음악가 집안이었다. 아버지는 피아노 선생님이자 사십 년 동안 지방 음악원의 지휘자로 활동했다. 남편 역시 음악가이자 오케스트라 지휘자의 아들이었고, 스승의 자리를 이어받았다. 두 사람 사이엔, 스물두 살의 나이에 국립 오케스트라 제1 첼로 연주자가 되었으며, 개인 수업 중에 므스티슬라프 레오폴도비치 로스트로포비치[3]의 찬사를 받은 훌륭한 아들이 있었다. 반면에 열여덟 살 먹은 딸은 듣기만 해도 어떤

3 Mstislav Leopoldovich Rostropovich(1927~2007). 러시아의 첼로 연주자. 파블로 카살스와 더불어 20세기 최고의 첼리스트로 꼽힌다.

악기든 연주할 수 있는 재능을 타고났지만, 집에서 잠자지 않기 위한 핑계로만 음악을 좋아했다. 그녀는 훌륭한 재즈 트럼펫 연주자와 사랑에 빠져 있었고, 부모의 뜻과 달리 맨발 가르멜 수도회에 들어가고자 했다.

아나의 어머니는 세상을 떠나기 사흘 전에 섬에 묻히고 싶다는 뜻을 밝혔다. 그걸 현명하고 좋은 생각이라고 여긴 사람은 이 세상에 아무도 없었다. 그녀 자신조차 자기가 그 고통과 괴로움을 이겨 낼 수 있으리라고 믿지 않았다. 어머니가 돌아가신 지 일 년이 지났을 때 아버지가 그녀를 섬으로 데려가, 그때까지도 무덤에 설치하지 않았던 대리석 비석을 세웠다. 바다를 건너면서 그녀는 겁에 질렸다. 선체 꽁무니에 모터를 단 보트를 타고 한순간도 잔잔하지 않은 바다를 거의 네 시간에 걸쳐 건넜던 것이다. 그녀는 자연 그대로의 숲 가장자리에 펼쳐진 황금빛 모래 해변과 새들의 아우성, 그리고 석호 물웅덩이에서 유령처럼 날아다니는 왜가리를 보며 감탄을 금치 못했다. 그러나 가난에 찌든 마을을 보자 기분이 울적했다. 그들은 야외에서, 즉 두 그루의 코코야자 나무에 걸려 있는 그물 침대에서 자야만 했다. 하지만 그 마을은 여류 시인과 공화국 대통령이 될 뻔했던 허풍쟁이 상원 의원이 태어난 곳이기도 했다. 또한 그녀는 다이너마이트 폭약이 일찍 폭발하는 바람에 팔이 절단된 수많은 흑인 어부를 보고 충격을 받았다. 그러나 공동묘지 꼭대기에서 세상의 광채를 보자, 어머니의 뜻이 이해됐다. 그곳은 유일하게 외로움을 느낄 수 없는 고독한 장소였다. 바로 그때 아나 막달레나 바흐는 어머니를 그곳에 그대로 두고서, 매년 무덤에 글라디올러스 한 다발을 가져가겠다는 다짐을 마음속에 단단히 새겼다.

8월은 더위가 기승을 부리고 소나기가 미친 듯이 퍼붓는 달이었지만, 그녀는 그 일을 자기가 반드시, 그리고 항상 혼자 해야만 하는 고행의 하나로 여겼다. 언젠가 아이들이 할머니 무덤을 보고 싶다고 끈질기게 졸랐을 때, 딱 한 번 그 결심이 흔들리기도 했다. 그리고 자연은 지독히 무섭고 공포에 질린 여행으로 혹독하게 그 대가를 치르게 했다. 비가 내렸지만, 가는 도중에 밤이 되지 않도록 모터보트는 출발했고, 아이들은 두려움과 뱃멀미로 기진맥진해서 도착했다. 그나마 다행인 건 그때는 상원 의원이 국가의 돈을 가지고 자기 이름으로 지은 최초의 관광호텔에서 잘 수 있었다는 것이다.

아나 막달레나 바흐는 해를 거듭할수록 절벽의 유리 잔도가 길고 넓어지는 걸 보았다. 반면에 마을은 갈수록 가난해졌다. 모터보트는 여객선이 취항하면서 은퇴했다. 여전히 네 시간이 걸리는 항해였지만, 이제 배 안에 에어컨이 작동했고 오케스트라가 연주됐으며 몸 파는 여자들이 있었다. 그녀만이 마을의 가장 확실한 방문객으로 일상의 습관을 유지했다.

그녀는 호텔로 돌아와 레이스 브래지어만 걸친 채 침대에 드러누웠고, 더위를 거의 쫓지 못하는 천장 선풍기의 날개 아래서, 책에 북 나이프로 표시해 놓은 페이지를 다시 읽었다. 브램 스토커[4]의 『드라큘라』였다. 명작을 읽을 때의 열정으로 여객선에서 반을 읽었다. 그녀는 가슴에 책을 얹고 잠들었다가 두 시간 후에 어둠 속에서 깨어났다. 땀에 흠뻑 젖어 있었고, 배고파 죽을 지경이었다.

그녀는 자기 전에 뭐라도 먹으려고 밤 10시까지

---

4 에이브러햄 '브램' 스토커(Abraham 'Bram' Stoker, 1847~1912). 아일랜드의 소설가. 고딕 소설의 고전 『드라큘라』가 대표작이다.

여는 호텔 바에 내려갔다. 평소보다 손님이 많았고, 웨이터는 예전과 같은 사람이 아닌 것 같았다. 실수하지 않도록 몇 년 전부터 주문했던 햄치즈샌드위치, 그리고 토스트와 밀크커피를 시켰다. 먹을 것을 기다리는 동안, 그녀는 자신이 그 호텔이 이 섬의 유일한 호텔이었을 때 투숙했던 바로 그 나이 든 관광객들 사이에 있다는 걸 알아차렸다. 까무잡잡한 여자가 슬픈 볼레로를 부르고 있었고, 이제는 늙고 눈이 먼 아구스틴 로메로가 개관 파티 때 썼던 바로 그 낡은 피아노로 사랑스럽게 반주하고 있었다.

그녀는 급히 식사를 마침으로써 혼자 먹는 굴욕을 이겨 내려고 애썼지만, 은은하고 차분한 음악을 듣자 기분이 좋아졌다. 여자의 노래 솜씨는 훌륭했다. 음악이 끝났을 때는 세 커플만이 테이블에 흩어져 앉아 있었다. 그녀 바로 앞에 처음 보는 남자가 있었다. 그녀는 그가 들어오는 것을 보지 못했다. 흰 리넨 옷을 입고 희끗희끗한 머리카락이 반짝거리는 남자였다. 그의 테이블에는 브랜디 한 병이 놓여 있었고, 술잔 하나가 테이블 중앙에 있었다. 마치 이 세상에 혼자 있는 사람 같았다.

피아노는 드뷔시의 「달빛」을 과감하게 볼레로 스타일로 편곡하여 연주하기 시작했고, 까무잡잡한 여자는 사랑스럽게 그 노래를 불렀다. 노래에 감동해서 아나 막달레나 바흐는 얼음과 소다수를 넣은 진을 주문했다. 그녀가 마셔도 괜찮은 유일한 술이었다. 첫 모금을 마신 후부터 세상은 바뀌었다. 장난기가 발동하고 즐거운 기분이 되었으며, 모든 걸 할 수 있을 것 같았고 음악과 진이 성스럽게 뒤섞여 아름답다고 느꼈다. 그녀는 앞 테이블의 남자가 자기를 보지 못했다고 생각했지만, 두 번째로 그를 보았을 때 그가 자기를 유심히 바라보는 것을 알고 소스라치게 놀랐다. 그의 얼굴이 빨개졌다. 그녀는 그를 뚫어지게 바라보았고, 그는 주머니 시계를 쳐다보았다. 그러더니 당황해서 시계를 넣고 다시 술잔에 술을 따랐다. 어리둥절한 표정으로 그는 문을 바라보았다. 이미 그녀가 무자비하게 자기를 쳐다본다는 사실을 알았기 때문이다. 그때 그가 그녀를 정면으로 쳐다보았다. 그녀는 미소를 지었고, 그는 고개를 약간 숙이면서 인사했다.

"술 한잔 초대해도 될까요?" 그가 물었다.

"기꺼이 수락하지요." 그녀가 대답했다.

그는 그녀의 테이블로 와서 아주 우아하게 술을 따랐다. 그러고서 "건배!"라고 말했다. 그녀는 분위기를 맞추었고, 두 사람은 단숨에 술잔을 비웠다. 그는 잘못 들이켰는지 목이 막혔고, 놀라움에 온몸을 떨며 기침했으며, 눈물 범벅이 되었다. 두 사람은 한참 동안 침묵을 지켰다. 그리고 마침내 그가 라벤더 향내를 풍기는 손수건으로 눈물을 닦고서 목소리를 되찾았다. 그녀는 용기를 내서 기다리는 사람이 없는지 물었다.

그가 대답했다.

"없어요. 아주 중요한 일이 있었지만, 이제는 아니에요."

그녀는 의도적으로 믿지 못하겠다는 표정을 지으면서 "사업인가요?"라고 물었다. 그러자 그는 대답했다. "다른 걸 하려고 여기에 있는 건 아니에요." 그건 남자들이 자기 말을 믿지 않기를 바랄 때 하는 말투였다. 그녀는 그의 말을 듣고 빙긋이 웃으면서, 평소 하던 행동과는 거리가 멀게 대단한 속물인 양 그가 더는 말하지 못하게 대꾸했는데, 그건 아주 잘 계산된 말이었다.

"당신 집에서는 그렇겠죠."

그렇게 그녀는 세련된 감각으로 계속 그를 떠보았고, 마침내 그를 진부한 대화 속으로 끌어들였다. 그녀는 나이 맞히기 놀이를 했지만, 한 살 더 많이 부르는 실수를 했다. 그의 나이는 마흔여섯이었다. 또한 억양으로 그가 어느 나라 사람인지 알아보는 게임을 했고, 세 번을 답했지만 맞히지 못했다. 그는 스페인계 미국인이었다. 그리고 그의 직업을 맞히려고 시도해 보았다. 그녀가 두 번째 시도했을 때 그는 자기가 토목 기사라고 서둘러 말해 주었다. 그녀는 그것이 진실과의 대면을 방해하기 위한 잔꾀일지도 모른다고 의심했다.

두 사람은 드뷔시의 작품을 볼레로로 편곡하는 무모함에 대해 말했지만, 사실 그는 그 곡이 편곡된 것을 알지 못했다. 그는 그녀가 음악을 잘 알며, 자기는 「아름답고 푸른 도나우」 수준을 넘지 못한다는 것을 알고 있었다. 그녀는 스토커의 『드라큘라』를 읽고 있다고 말했다. 그는 중고등학교 때 읽었으며, 아직도 백작이 개로 변해서 런던에 내리는 일화를 잊을 수가 없다고 했다. 그녀는 그 말에 동의했고, 왜 프랜시스 포드 코폴라가 잊을 수 없는 그의 영화에서 그걸 바꾸었는지 이해할 수 없다고 말했다. 두 번째 잔을 마시자, 그녀는 브랜디가 자기 심장의 어딘가에서 진과 만났음을 느꼈고, 취하지 않도록 정신을 똑바로 차려야 했다. 음악은 밤 11시에 끝났고, 오케스트라는 바를 닫기 위해 두 사람이 떠나기만을 기다렸다.

그때 그녀는 마치 평생을 그와 함께 산 사람처럼 그에 대해 알게 되었다. 그가 청결하며, 흠잡을 데 없는 옷차림을 하고 있고, 반지 없는 손에서는 손톱의 자연 광택만 눈에 띄며, 마음은 착하고 소심하다는 것을. 또한 그녀는 그가 자신의 크고 노란 눈을 보며 안절부절못하고 있다는 것을 알고서 그에게서 눈을 떼지 않았다. 그러자 평생 한 번도 생각해 본 적 없고 꿈도 꾸지 않았던 것을 향해 걸음을 내디딜 정도로 자신이 강인하다고 느꼈고, 그것을 전혀 숨기지 않았다.

"올라갈까요?"

그는 이미 주도권을 잃은 상태였다.

"나는 이곳에 묵지 않아요." 그가 말했다.

그러나 그녀는 그가 그 말을 끝낼 때까지 기다리지 않았다. "난 여기 묵고 있어요."라고 말하고서 자리에서 일어나더니 머리를 조금 흔들고서 정신을 차렸다. "2층 203호, 계단 오른쪽이에요. 문 두드리지 말고 그냥 밀고 들어오세요."

그녀는 신혼 밤 이후 다시는 경험하지 못했던 달콤한 두려움을 느끼며 방으로 올라갔다. 선풍기를 켰지만 불은 켜지 않았고, 어둠 속에서 전혀 머뭇거리지 않고 옷을 벗었다. 그리고 문부터 욕실까지 바닥에 옷가지를 늘어놓았다. 욕실의 불을 켠 후 그녀는 눈을 감고 숨을 깊이 쉬고서 호흡과 손의 떨림을 제어해야 했다. 오후에 땀을 흘렸지만, 목욕은 다음 날에 하려고 했었기에, 최대한 빠르게 성기와 겨드랑이, 그리고 신발 고무 밑창 때문에 부어오른 발가락을 씻었다. 칫솔로 이를 닦을 시간이 없었기에, 혀에 치약을 조금 넣고, 욕실에서 새어 나오는 불빛으로 희미하게나마 밝혀진 방으로 돌아왔다.

그녀는 손님이 문을 밀 때까지 기다리지 않았다. 대신 그가 도착한 것을 느끼자, 문을 열어 주었다. 그는 소스라치게 놀랐지만, 그녀는 어둠 속에서 더 이상의 시간을 주지 않았다. 아주 힘차게 잡아 뜯듯이 그의 상의와 넥타이, 그리고 셔츠를 벗겼고, 그의 어깨 너머로 그 모든 걸 바닥에 던져 버렸다. 그러는 동안 침실 공기는 은은한 라벤더 향으로 가득 찼다. 남자는 처음에 그녀를 도우려고 스스로 옷을 벗으려 했지만, 그녀는 그럴 시간을 주지 않았다. 그의 상반신이 허리까지 완전히 알몸이 되자, 그녀는 그를 침대에 앉히고서 무릎을 꿇고 신발과 양말을 벗겼다. 동시에 그는 허리띠 버클과 바지 앞 단추를 풀었다. 그래서 그녀는 바지를 잡아당기는 것만으로 충분히 벗길 수 있었다. 두 사람 중 누구도 바닥에 뒹구는 열쇠와 지폐와 동전과 면도칼을 걱정하지 않았다. 마지막으로 그를 도와 다리를 따라 팬티를 내리게 해 주었고, 동시에 그녀는 그의 물건이 벌거벗은 자기 남편 것처럼 크지 않다는 걸 알았다. 남편은 그녀가 벌거벗은 모습을 알고 있는 유일한 성인이었다. 하지만 그의 물건은 차분했고 축 늘어져 있었다.

그녀는 한 번도 그가 주도하게 놔두지 않았다. 그의 위에 미친 듯이 올라타고는 그가 어떤지는 생각하지도 않고 혼자서 게걸스럽게 먹어 버렸고, 마침내 두 사람은 넋이 나가고 땀에 흠뻑 젖어 기진맥진했다. 그녀는 그의 위에 그대로 머무르면서, 선풍기의 후텁지근한 소리 아래서 처음 느끼는 양심의 가책과 싸웠다.

그러다가 그가 그녀의 체중 아래서 십자가 모양으로 팔다리를 벌린 채 제대로 숨을 쉬지 못하다가 그녀 옆에 드러누웠다는 걸 알았다. 그는 꼼짝하지 않다가 처음으로 숨을 내쉬면서 물었다.

"왜 나였죠?"

"갑작스럽게 떠오른 영감이었어요." 그녀가 대답했다.

그러자 그가 말했다.

"당신 같은 여자의 영감이었다니 영광입니다."

"아, 그래요? 그런데 기쁘지는 않았어요?" 그녀가 농담했다.

그는 대답하지 않았고, 두 사람은 누워서 영혼의 소리를 기다렸다. 방은 석호의 초록색 어둠에 잠겨 아름다웠다. 새들이 날갯짓하는 소리가 들렸다. 그는 물었다. "이게 무슨 소리죠?" 그녀는 밤의 왜가리가 어떤 습관을 가지고 있는지 말해 주었다. 한 시간 동안 지루하게 진부한 말을 속삭이고서 그녀는 다시 손가락으로 아주 천천히 그의 가슴부터 아랫배까지 탐험하기 시작했다. 그러고서 발의 감촉으로 그의 다리를 따라가면서, 그의 몸이 전부 털로 빽빽하게 뒤덮여 있으며, 4월의 이끼처럼 부드럽다는 것을 확인했다. 그러고서 다시 손가락을 더듬어 쉬고 있던 그의 물건을 찾았다. 축 늘어졌지만 살아 있었다. 그는 그녀가 더 쉽게 만지도록 자세를 바꾸었다. 그녀는 손가락 끝으로 크기와 형태, 헐떡거리는 음경 주름 띠, 그리고 비단 같은 귀두를 알아보았다. 귀두는 포대 짜는 바늘로 꿰맨 것처럼 감침질로 마무리되어 있었다. 그녀는 손가락의 촉각으로 몇 바늘인지 셌고, 그는 서둘러 그녀가 익히 상상하던 것을 밝혔다. "어른이 돼서 포경 제거 수술을 했어요." 그러고서 한숨을 쉬며 덧붙였다. "아주 이상한 쾌감이었어요."

그러자 그녀가 한 치의 자비도 없이 말했다.

"드디어 명예나 영광이 아닌 것이 나오는군요."

그녀가 귀와 목을 부드럽게 키스해서 서둘러 그를 달래자, 그는 입술로 그녀를 찾았고, 처음으로 입과 입으로 키스했다. 그녀는 다시 그걸 찾았고, 잘 무장되고 준비되었다는 걸 알았다. 그녀는 다시 공격하고자 했지만, 그는 더할 나위 없이 훌륭한 연인임을 드러냈다. 전혀 서두르지 않고 그녀의 기분을 돋우어 흥분 상태에 이르게 했던 것이다. 그녀는 서투른 손놀림

이 그토록 부드럽고 사랑스러울 수 있다는 사실에 놀랐고, 얌전한 교태로 굴복하지 않으려고 했다. 그러나 그는 단호하게 밀어붙였고, 자기 취향과 방식대로 그녀를 다루어 행복하게 만들어 주었다.

2시가 되었을 때 천둥소리가 방 안의 버팀벽을 흔들었고, 강한 바람이 불어 창문 빗장을 밀쳐 버렸다. 그녀는 서둘러 창문을 닫았고, 또 다른 번개가 치면서 순간적으로 대낮처럼 밝아지자 심하게 물결치는 호수를 보았고, 빗물 사이로 수평선에서 거대한 달을 보았고, 폭풍 속에서 숨도 못 쉬고 날갯짓하는 왜가리도 보았다. 그는 잠들어 있었다.

침대로 돌아오는데 두 사람이 벗어 놓은 옷에 발이 걸렸다. 그녀는 자기 옷은 나중에 치울 생각으로 바닥에 놔두었지만, 그의 상의는 의자에 걸었고, 그 위에 셔츠와 넥타이를 올려놓고서, 바지가 주름지지 않도록 조심해서 접었으며, 그 위에 열쇠와 면도칼과 돈을 놓았다. 방 안의 공기는 폭풍우 덕분에 시원했고, 그래서 그녀는 핑크빛 실크 잠옷을 입었는데, 너무 부드럽고 매끄러워서 닭살이 돋았다. 옆으로 누워 잠든 채 양다리를 모으고 있는 남자는 덩치 큰 고아처럼 보여, 그녀는 갑자기 밀려오는 동정심을 억누를 수 없었다. 그녀는 그의 등 뒤에 누워서 허리를 껴안았고, 그는 땀에 젖은 그녀 몸의 광채를 보고는 잠에서 깼다. 그러더니 거칠게 숨을 내쉬고는 그녀와 떨어져 잠들었다. 그녀는 겨우 잠들었지만, 전기가 나가면서 선풍기 소리가 나지 않자, 잠에서 깼다. 방은 뜨거운 어둠에 잠겨 있었다. 그는 쉬지 않고 휘파람 소리를 내며 코를 골았다. 순전히 장난기가 발동해서, 그녀는 손가락 끝으로 그를 만졌다. 그는 갑자기 놀라서 코 고는 소리를 멈추었고, 그의 물건은 되살아나기 시작했다. 그녀는 그의 곁을 잠시 떠났고, 잠옷을 단번에 벗어 버렸다. 그러나 다시 그에게 돌아왔을 때, 그녀의 술책은 아무 소용이 없었다. 그가 그녀에게 세 번의 기쁨을 주지 않으려고 자는 척했다는 걸 알아챈 것이다. 그래서 다시 잠옷을 입고서 그에게 등을 돌리고 잠잤다.

평소의 시간표대로 6시가 되자 눈이 떠졌다. 잠시 누워서 눈을 감고 중얼댔다. 그렇지만 관자놀이가 욱신욱신 쑤시는 것과 오한과 구토, 그리고 현실의 삶에서 그녀를 기다리고 있을 알지 못할 불안과 초조를 인정할 용기가 나지 못했다. 선풍기 소리로 그녀는 호수의 파란 여명 속에서 침실 안을 볼 수 있다는 사실을 깨달았다. 갑자기 죽음의 번개처럼 난생처음 남편이 아닌 남자와 섹스하고 잠들었다는 사실에 혹독한 양심의 가책이 엄습했다. 그녀는 놀라서 고개를 돌려 어깨 너머를 보았지만, 그는 없었다. 욕실에도 없었다. 그녀는 침실 조명을 켰고, 그의 옷이 없음을 알았다. 그런데 바닥에 떨어져 있던 그녀의 옷은 곱게 접혀서 사랑스럽다 할 만큼 의자에 가지런히 놓여 있었다. 그제야 비로소 그녀는 그에 대해 아무것도 모른다는 것을, 심지어 이름도 모른다는 사실을 깨달았다. 광란의 밤이 지나고 남은 것은 유일하게 폭풍으로 정화된 공기 속을 떠도는 슬픈 라벤더 향기였다. 그녀는 나이트테이블에 있던 책을 집어 가방에 넣었고, 그가 공포 소설 속에 20달러 지폐를 넣어 두었다는 것을 알았다.

2

결코 예전과 똑같은 여자로 돌아갈 수는 없으리라. 돌아가는 여객선에서 그녀는 그것을 어렴풋이 감지했다. 그녀는 자기와는 항상 다른 부류였던 관광객 무리 속에 있었고, 이내 분명한 이유도 없이 그들에게 역겨움을 느꼈다. 그녀는 항상 책 읽는 것을 좋아했다. 예술과 문학 학부 과정을 졸업하지는 못했지만 거의 마쳤고, 읽어야 할 걸 빠짐없이 읽은 다음에도 계속 자기가 좋아하는 책을 읽었다. 잘 알려진 작가들의 연애 소설이었는데, 길면 길수록, 게다가 불행한 이야기일수록 좋아했다. 그리고 여러 해 동안 장르를 불문하고 짧은 소설을 읽었는데, 그 독서는 『라사리요 데 토르메스의 삶』, 『노인과 바다』, 『이방인』 순으로 이어졌다. 그녀는 유행하는 책을 혐오했으며, 그런 걸 따라잡을 시간이 없으리란 걸 잘 알았다. 최근에는 초자연주의 소설에 깊이 빠져 있었다. 그러나 그날은

갑판에 드러누워 일광욕을 했으며, 한 글자도 읽지 못했고, 지난밤 일이 아닌 것은 그 무엇도 생각할 수 없었다.

학교 다닐 때부터 보아서 너무나 친숙하고 허름한 항구 건물들이 낯설게 느껴졌고, 소금기에 부식된 것처럼 보였다. 그녀는 부둣가에서 시내버스를 탔다. 학창 시절에 타던 것처럼 오래되고 낡은 버스는 가난한 사람들로 만원이었고, 라디오 음량은 카니발 때처럼 귀청을 찢을 듯이 한껏 올라가 있었다. 질식할 것 같은 그날 정오는 그 어느 때보다 거북하고 언짢았고, 처음으로 더럽고 지저분한 승객들의 나쁜 기분과 악취에 짜증이 났다. 떠들썩한 장터 거리는 그녀가 어렸을 때부터 자기 집처럼 드나들었고, 지난주에도 딸과 함께 전혀 겁먹거나 놀라지 않고 물건을 사러 나갔던 곳이다. 그러나 새벽에 쓰레기 청소부들이 막대기로 보도에 드러누운 몸들을 때려서 누가 자고 있고 누가 죽었는지 알아보는 콜카타의 거리처럼, 이제는 그곳을 지나면서 후들후들 몸을 떨었다. 삼십 년 전에 개관한 원형의 독립 기념탑에서 그녀는 말을 탄 해방자의 동상을 보았고, 그날에야 비로소 그 말이

뒷발로 일어서 있으며, 칼이 하늘을 찌르고 있음을 알았다.

집으로 들어가면서 그녀는 놀란 표정으로 필로메나에게 자기가 없는 동안 집에 무슨 큰일이라도 있었느냐고 물었다. 새들은 새장에서 노래하지 않았고, 집 안 테라스에서 아마존 꽃을 심은 화분과 양치류 식물 화분, 그리고 파란색 담쟁이덩굴 꽃 장식이 보이지 않았던 것이다. 그녀 집을 평생 돌본 하녀 필로메나는 그녀가 떠나기 전에 지시한 대로 빗물을 맞도록 마당으로 꺼내 놓았음을 떠올려 주었다. 그러나 며칠이 지난 다음에, 바뀐 건 세상이 아니라 자기 자신이라는 사실을 그녀는 의식할 수 있었다. 그녀는 항상 자기를 바라보지 않는 삶을 살아왔는데, 그해 섬에서 돌아와서야 처음으로 응징과 경고의 눈으로 자신을 바라보기 시작한 것이었다.

자신이 변한 이유를 알지 못했지만, 소설책 116페이지에 껴 있던 20달러짜리 지폐가 그 이유와 관련이 있는 건 분명했다. 그녀는 모멸감을 힘겹게 참아 냈고, 한순간도 마음이 편치 않았다. 그 남자는 행복한 모험의 기억을 타락시켰고, 따라서 죽어 마땅한 사람이었지만, 그가 누구인지 모른다는 좌절감 때문에 분노의 눈물이 흘렀다. 바다를 건너오는 동안 사랑 없는 행위였다고 여기며 그녀 스스로 마음의 평화를 느꼈고, 의식적으로 그건 자기와 남편 사이에 있었던 비밀 정사라고 평가했다. 그러나 지폐를 모른 체할 수는 없었다. 가방 안이 아니라 자기 마음속에서 그 지폐가 불덩이처럼 활활 타오르는 느낌이었다. 그걸 기념품처럼 표구해야 할지, 아니면 찢어 버려 모욕감을 털어 내야 할지 알 수 없었다. 하지만 그걸 써 버리는 일만은 점잖지 않다고 생각했다.

완전히 망친 날이었다. 필로메나는 그녀의 남편이 오후 2시인데도 아직 일어나지 않았다고 말했다. 몇몇 토요일에 둘이 함께 밤을 새우고 일요일 내내 침대에 있었던 적을 제외하고 그런 일이 있었던가. 그녀는 기억이 나지 않았다. 그는 머리가 아프다며 침대에 쓰러져 있었다. 커튼은 걷혀 있었고, 오후 2시의 눈부신 햇빛이 침실 안에서 반짝였다. 그녀는 커튼을 치고, 사랑스러운 인사로 남편을 기운 차리게 하려고 했지만, 암울한 생각에 사로잡혀 그러지 않았다. 거의 아무 생각 없이 그녀는 남편에게 그동안 가장 두려워하던 질문을 했다.

"어젯밤 어디에 있었는지 말해 줄 수 있어요?"

그는 놀란 얼굴로 아내를 바라보았다. 행복한 부부끼리도 할 수 있는 평범한 질문이었지만, 그의 집에서는 한 번도 들은 적 없는 질문이었다. 그래서 불안해하기보다는 재미있다는 듯이 이번에는 그가 물었다. "어디 있었는지 묻는 거요, 아니면 누구와 있었는지 묻는 거요?" 그녀는 조심스럽게 경계하면서 말했다. "그게 무슨 말이죠?" 그러나 그는 싸움을 피하며 두 사람의 딸인 미카엘라와 재즈를 추며 아주 멋진 밤을 보냈다고 답했다. 그러고는 곧 대화 주제를 바꾸었다. 그가 말했다.

"그건 그렇고, 여행이 어땠는지 이야기하지 않았잖소."

그녀는 자기의 부적절한 질문이 그의 오래된 의심이나 의혹의 잿불을 휘저은 게 아닐까 불안한 마음으로 생각했다. 생각만 해도 겁나고 두려웠다. 그녀는 "평소와 같았어요."라고 말하고서 거짓말을 이어 갔다. "호텔에 전기가 나갔고, 아침에는 샤워기에서 물이 나오지 않았어요. 그래서 샤워를 못 했고, 이틀 동안 흘린 땀도 씻지 못했어요. 하지만 바다는 잔잔하고 시원했어요. 여행 중에 잠시 졸기도 했고요."

잠잘 때 늘 그랬듯이 그는 팬티 차림으로 침대에서 뛰어내려 욕실로 갔다. 몸집이 크고, 운동을 좋아하며, 근사하게 생긴 남자였다. 그녀는 그를 따라갔고, 거기서 두 사람은 계속 대화를 나누었다. 갓 결혼한 사람들처럼 그는 김 서린 샤워 부스에서, 그녀는 변기 뚜껑에 앉아서. 그녀는 감당 안 되는 딸에 대한 대화로 되돌아갔다. 딸의 이름은 섬에 묻힌 어머니와 같은 미카엘라였고, 수녀가 되겠다고 고집을 부리는 중이었지만, 자기보다 조금 나이가 많고 유명한 재즈 연주자와 계속 사랑하면서, 그 연주자와 함께 새벽까지 즐겁고 흥겹게 놀곤 했다. 그녀는 어머니로서 딸을 이해하지 못했는데, 어제 오후에는 마약에 취한 음악가들의 소굴에 아버지와 함께 갔다니 더더욱 이해할 수 없었다. 남편은 즐겁게 그녀를 놀렸다.

"당신이 우리 딸을 시켜 나를 감시하고 있다고는 말하지 말아요."

그녀는 그렇지 않다고 대답하면서 안도했지만, 바로 그때 오늘은 사랑의 대화를 틀어지게 하기 좋은 날이 아님을 깨달았다. 그는 에드바르 그리그[5]의 피아노 협주곡 첫 소절을 샤워기 아래서 흥얼거리면서 비누칠하다가, 갑자기 뒤로 돌았다.

"이리 안 올 거요?"

그녀는 단 한 가지 이유로 머뭇거렸다. 그녀처럼 빈틈없고 신중한 사람에게는 아주 중요한 이유였다. 그녀는 말했다.

"어제부터 샤워를 못 했어요. 개 냄새가 나요."

그러자 그가 대답했다.

"그건 이유가 되지 않소. 샤워 물이 부드러워 아주 기분이 좋아요."

그 바람에 그녀는 체크무늬 셔츠와 청바지, 그리고 섬에서 입고 돌아온 레이스 팬티를 벗어 빨래 바구니에 던지고는 샤워 부스 안으로 갔다. 그는 샤워기가 있는 곳을 양보했고, 평소처럼 발에서 머리까지 그녀를 비누칠해 주면서 대화를 중단하지 않았다.

---

5 에드바르 하게루프 그리그(Edvard Hagerup Grieg, 1843~1907). 노르웨이의 작곡가이자 피아노 연주자. 대표 작품은 「페르 귄트 모음곡」 작품 23과 「홀베르그 모음곡」 작품 40 등이다.

새로운 건 하나도 없었다. 두 사람은 연인들의 몇몇 습관을 꾸준하게 지켰는데, 그중 하나가 바로 함께 샤워하기였다. 처음에는 둘이 같은 시간에 일을 시작했기에 그렇게 했다. 그리고 누가 먼저 샤워할 것인지에 대한 영원한 고전적 말다툼 대신 함께 샤워하는 법을 배웠다. 두 사람은 서로에게 지극한 사랑을 담아 비누칠했고, 욕실 바닥에 함께 뒤엉켜 뒹굴면서 끝나는 경우가 비일비재했다. 욕실 바닥에는 갑작스레 뜨거운 사랑을 나눌 때 그녀가 등을 다치지 않도록 샀던 실크 방수 매트가 깔려 있었다.

처음 삼 년간은 매일 정확하게 사랑했다. 달거리나 출산으로 거룩한 휴전이 필요한 때를 제외하고는 밤에 침대에서, 아니면 아침에 욕실에서 했다. 그러면서 동시에 정형화된 일상의 위협을 보았고, 서로 합의도 하지 않고 그들의 사랑에 약간의 모험을 가미하기로 했다. 그래서 아주 고급스러운 모텔이든 싸구려 모텔이든 가리지 않고 아무 모텔이나 들어가곤 했는데, 어느 밤에는 무장 세력의 공격을 받아 모두 털리고 빈손이 된 적도 있었다. 아무 때나 예기치 않게 사랑을 나누고자 하는 욕망을 느껴서, 그녀는 원치 않는 소식을 피하기 위해 손가방에 항상 피임 도구를 갖고 다녔다. 심지어 두 사람은 우연히 어느 상표에 "다음에는 루테시안으로 사세요."라는 광고 문구가 인쇄되어 있는 것도 알게 되었다. 그렇게 둘은 사랑을 할 때마다 농담부터 세네카의 금언까지 행복한 구절이 부상으로 주어진 기나긴 시대를 시작하게 되었다.

아이들이 생기고 일과에 변화가 생기면서 멋진 사랑으로 나아가는 습관을 잃어버렸지만, 할 수 있을 때마다 그 습관을 되찾았고, 미친 행동까지 허용될 수 있는 행복한 사랑을 했다. 심지어 그다지 적절하지 않은 시절에도 이리저리 궁리하여 쇄신했고, 그렇게 시작점부터 완전히 한 바퀴 돌아서 다시 틀에 박힌 일상으로 돌아갔다.

그의 이름은 도메니코 아마리스였다. 쉰네 살로 교양 있고 잘생기고 세련된 남자였으며, 이십 년 넘게 지방 음악원의 지휘자로 일했다. 훌륭한 선생이라는 평가 외에도 그는 명사 모임의 인기남이자 음악 풍자가여서 아구스틴 라라[6]의 볼레로를 쇼팽 스타일로 연

---

6 Agustín Lara(1897~1970). 멕시코 출신으로 볼레로라

주하거나 쿠바의 단손을 라흐마니노프풍으로 연주하여 파티의 품격을 지켜 줄 수 있는 사람이었다. 대학 시절의 그는 노래, 수영, 웅변, 탁구 등 모든 면에서 챔피언이었다. 누구보다 농담을 잘했고, 대무(對舞)[7]나 찰스턴 또는 아파치 탱고[8] 같은 이상한 춤에 대해서도 잘 알았다. 그는 물불을 가리지 않는 요술쟁이여서 지방 음악원에서 열린 어느 갈라 만찬에서 주지사가 수프를 먹으려고 수프 그릇 뚜껑을 여는 순간 살아 있는 닭이 수프 그릇에서 나와 날갯짓하게 만들기도 했다. 아무도 그가 체스를 잘 두는지 몰랐지만, 어느 날 밤 파울 바두라스코다[9]가 훌륭한 연주회를 마친 후 그

는 대중음악의 작곡가이자 가수.

7 콘트라단사. 영국 컨트리 댄스에서 파생되었고, 프랑스 궁정에서 채택되어 18세기에 인기가 있었던 음악과 춤인 콘트라 댄스의 라틴아메리카 판본이다. 현재 볼리비아, 멕시코, 베네수엘라, 콜롬비아, 페루, 파나마, 에콰도르에서 여전히 민속춤으로 존재한다.

8 아파치 탱고는 일반적인 탱고와 다른 성격을 지닌다. 이 춤은 커플의 다툼을 묘사하며, 뺨 때리기, 끌기, 머리카락 잡아당기기 등의 흉내 내기가 포함된다.

9 Paul Badura-Skoda(1927~2019). 오스트리아의 피아니

에게 도전했고, 두 사람은 다음 날 아침 9시까지 열한 게임을 모두 비겼다. 심한 장난꾼으로서의 그의 이력이 재앙으로 절정에 달할 뻔한 적도 있다. 그는 가르시아 가족의 여자 쌍둥이를 설득해서 애인을 서로 바꾸게 했는데, 그 탓에 두 남자가 모두 원래 애인이 아닌 여자와 결혼할 뻔했던 것이다. 그것이 그의 마지막 장난이었다. 남자 친구를 비롯해 두 가족의 누구도 그를 절대로 용서하지 않았기 때문이다. 그러나 아나 막달레나는 그에게 맞추었고, 그처럼 되었으며, 그래서 두 사람은 서로를 너무나 깊이 알게 되었고, 결국 단 한 사람처럼 보이게 되었다.

그는 자기가 최고의 순간에 있고, 자기만의 주체적 사상을 갖고 있다고 느꼈다. 그는 항상 위대한 음악가의 작품은 그의 운명과 불가분의 관계에 있다고 생각했고, 위대한 스승들의 음악과 삶을 체계적으로 연구하여 그걸 확인했다고 믿었다. 그는 브람스의 가장 멋진 작품은 바이올린 협주곡이며, 드보르자크가 작곡한 훌륭한 첼로 협주곡을 왜 그가 작곡하지 않았는

스트, 작가이자 음악 연구자로 데무스, 굴다와 함께 빈의 삼총사로 불린다.

지 이해할 수 없었다. 그는 관현악단 지휘를 그만두었고, 녹음된 음악을 더는 듣지 않았으며, 아주 진귀한 판본이 아니고는 감상하지 않으려 했다. 그것은 지방 음악원에서 그가 장려하고 이끄는 실험 음악 실습으로도 충분했기 때문이다. 그는 오히려 악보를 읽고 음악을 상상하는 걸 더 좋아했다.

아마도 증명할 수 없는 이런 고유하고 독특한 견해에 바탕을 두고서, 그는 더 인간적으로 음악을 듣고, 그것을 다른 마음으로 연주하는 새로운 방식의 입문서를 쓰고 있었다. 가장 대표적인 세 개의 본보기에 대해 쓴 글이 상당히 진전된 상태였다. 불같은 성격의 천재이면서 짧고 불행한 삶을 살았던 모차르트와 슈베르트, 그리고 자전거를 타다가 어이없는 사고를 당해 절정의 순간에 목숨을 잃은 쇼송[10]에 관한 글이었다.

사실상 가족의 유일한 걱정거리는 매력적이지만

---

10 에르네스트 쇼송(Ernest Chausson, 1855~1899). 프랑스의 작곡가로 프랑스 낭만파와 드뷔시를 연결하는 중요한 음악가이다. 대표적인 관현악곡으로는 「교향시 저녁 축제」, 「교향시 비비안」 등이 있으며, 오페라 「아서왕」을 작곡했다.

다루기 힘든 딸 미카엘라의 행동이었다. 그녀는 끈질기게 부모를 설득하면서, 이 시대에 수녀가 된다는 것은 과거와 같지 않으며, 자기는 새 천 년이 밝아 올 때면 순결 서약조차 없어질 것을 확신한다며 뜻을 굽히지 않았다. 그런데 가장 흥미로운 건 어머니는 아버지와 다른 이유로 딸이 수녀가 되는 것을 반대한다는 사실이었다. 아버지에게는 그게 중요한 문제가 아니었다. 이미 가족 중 음악 하는 사람들이 넘쳤기 때문이다. 아나 막달레나 자신도 트럼펫 연주를 배우고자 했지만, 그럴 수가 없었다. 온 가족이 노래도 잘했다. 하지만 딸의 경우 문제는 그녀가 밤에 잠을 자지 않는 행복한 습관이 몸에 뱄다는 것이었다. 그 상황이 중대한 국면에 이른 건 그녀가 주말 내내 흑인 피가 섞인 검은 피부의 트럼펫 연주자와 함께 사라졌을 때였다. 그들은 경찰에게 도움을 청하지 않았다. 젊은 예술가들의 자유분방한 세계에서는 두 사람이 어디에 있는지 모르는 친구가 없었다. 정말로 그랬다. 그들은 섬에 있었다. 그러자 어머니는 때늦게 공포를 느꼈다. 미카엘라는 할머니 무덤에 장미꽃 한 송이를 가져갔다는 어이없는 소식으로 그녀의 공포심을 누그러뜨리려고 했다. 둘은 그게 사실인지 결코 알지 못했고, 어머니는 그걸 확인해 보려고 하지도 않았다.

"어머니는 장미를 싫어하셔."

도메니코 아마리스는 딸의 행동을 이해했지만, 아내에 대한 의리로 그녀의 말에 토를 달지 않았다. 그런 일이 있을 때면 늘 그랬듯이 그는 누구의 편도 들지 않고 생각에 잠겼다. 다행히 미카엘라는 여러 달 동안 주말을 제외하고는 밤을 새우지 않기로 동의했다. 그녀는 자주 가족과 식사했고, 매일 전화로 세 시간을 통화했으며, 저녁 식사 후에는 방에 틀어박혀 텔레비전에서 상영되는 영화를 보았는데, 그 영화의 비명과 폭발음 때문에 식구들은 공포와 두려움에 사로잡혀 기나긴 밤을 보내야 했다. 그런데 부모들을 가장 당황스럽게 한 건 식사 후 대화에서 그녀가 현재 문화계의 생생한 정보를 전하고 성숙한 의견을 개진했다는 것이었다. 그것보다 더한 것도 있었지만, 다행히도 어머니는 딸이 재즈 연주자인 남자 친구가 아닌 맨발 가르멜 수도회의 공식 교리 교사와 전화 메시지를 끝없이 주고받는다는 걸 우연히 알게 되었고, 그게 그나마 다른 악습보다는 낫다면서 축하했다.

그런 상황에서 어느 날 밤 저녁 식사를 하면서 아나 막달레나는 딸이 주말에 임신해서 돌아오지 않을까 걱정된다고 말했고, 미카엘라는 자기가 열다섯 살 때부터 친구인 의사가 절대로 통과할 수 없는 기구를 심어 놓았다는 좋은 소식을 알려 주면서 그녀를 안심시키려고 했다. 어머니는 문구나 그림이 새겨진 피임 기구의 대담함을 극복할 만큼 용기 있는 사람이 아니었고, 그래서 미친 듯이 소리치면서, 정곡을 찌르는 말을 했다.

"창녀 같은 년!"

어머니의 외침 이후 침묵이 흘렀고, 그 침묵은 결정화되어 며칠 동안이나 집 안의 공기에 남아 있었다. 아나 막달레나는 방에 틀어박혀 하염없이 울었다. 딸에 대한 원망보다 자신의 과격하고 격렬한 태도가 창피했기 때문이었다. 아내가 우는 동안 남편은 존재하지 않는 사람처럼 행동했다. 그때 그는 그 눈물이 오롯이 그녀 자신에게서 연유하고 있다는 사실을 알았지만, 그게 무엇인지는 알지 못했다.

불안해하는 남편의 모습에 그녀는 깜짝 놀랐고, 그녀에 대한 남자들의 태도가 새롭게 바뀐 것처럼 보여 더욱 놀랐다. 그녀는 항상 남자들에게 둘러싸여 있었지만, 그들에게 너무나 무관심해서 한 치의 아쉬움도 없이 그들을 잊곤 했다. 하지만 그해 섬에서 돌아왔을 때는 남자라면 누구나 볼 수 있는 낙인이 그녀의 이마에 찍혀 있었다. 당연히 그녀를 그토록 사랑하고 그녀가 그 누구보다도 사랑하는 사람이 그걸 눈치채지 못하고 지나갈 리 없었다. 두 사람은 오랫동안 매일 담배 두 갑씩을 피워 대던 골초였고, 사랑의 계약을 맺고 함께 담배를 끊었다. 그러나 섬에서 돌아온 후 그녀는 다시 악습에 빠졌다. 재떨이가 있던 장소가 바뀌고, 그녀가 공기 청정기로 은밀하게 냄새를 제거했음에도 담배 냄새와 부주의하게 잊고 놔둔 담배꽁초로 인해 그는 그 사실을 눈치챘다.

그녀가 섬에서 돌아온 후 그런 모든 질서가 바뀌었다. 몇 달 동안이나 보르헤스와 비오이 카사레스, 그리고 오캄포가 편집한 『환상 단편 소설 선집』을 전혀 읽지 못했다. 잠을 제대로 자지 못했고, 새벽에 욕실로 가서 담배를 피웠으며, 담배꽁초를 내려보내려고 변기 물을 내리면서도, 남편이 5시에 잠에서 깨면 꽁초가 둥둥 떠다니는 것을 보게 되리란 걸 알고 있었다. 때때로 불을 켜서 몇 분 동안 책을 읽기도 했지만, 이내 다시 불을 껐고, 남편이 깨지 않도록 극도로 조심하면서 침대에서 뒤척이고 또 뒤척였다. 마침내 남편이 용기를 내어 "도대체 무슨 일이 있는 거요?"라고 물었을 때 그녀는 무뚝뚝하게 대답했다.

"아무 일도 없어요. 왜 그런 질문을 하죠?"

"미안하오." 그러자 남편이 말했다. "하지만 당신이 돌아온 뒤로 달라진 걸 깨닫지 못할 수 없었소." 그러고는 너무나 절묘하고 세련된 감각으로 마무리했다. "혹시 내가 잘못한 것이라도 있소?"

"모르겠어요. 나 자신도 깨닫지 못했으니까요." 그녀는 몹시 짜증을 내며 말했고, 그 모습에 남편은 소스라치게 놀랐다. "하지만 아마도 당신 말이 맞을 거예요. 미카엘라가 고집을 부려서 그런 게 아닐까요?"

"그 전부터 그랬소." 그가 말했고, 과감하게 마무리를 지었다. "그렇게 섬에서 돌아왔다오."

7월의 첫 무더위와 함께 그녀의 가슴속에서 섬으로 돌아갈 때까지 절대로 멈추지 않을 나비의 날갯짓이 시작됐다. 길고 긴 달이었다. 그리고 불확실성 때문에 더욱 길게 느껴진 달이었다. 그 여행은 항상 너무나 단순해서 해변에서 일요일을 보내는 것과 같았지만, 그해에는 이미 마음으로 거부했던 20달러의 하룻밤 연인을 만날 수도 있다는 공포가 그녀를 감싸고 있었다. 청바지와 지난 몇 년 동안 가지고 다니던 비치백 대신, 그녀는 아마 천 투피스를 입고 금빛 샌들을 신고, 가방을 꾸리면서 정장 한 벌과 하이힐, 그리고 모조 에메랄드 장신구를 넣었다. 그러자 다른 여자, 즉 무엇이든 할 수 있는 새로운 사람이 된 느낌이 들었다.

3

섬에 도착하여 배에서 내리면서, 그녀는 어느 때보다도 형편없게 느껴지는 자기 택시를 보았다. 이번에는 다른 택시, 즉 냉방이 되는 새 차를 타기로 했다. 늘 머물던 호텔 외에 다른 곳은 가 본 적 없었기에, 운전사에게 새로 지은 칼튼호텔로 가자고 했다. 지난 세 번의 여행에서 그녀는 쇠처럼 단단한 관목 사이로 그 유리 절벽이 커지는 걸 보았다. 8월 성수기에 그녀가 이용할 수 있는 방을 찾기란 불가능했지만, 운 좋게 상당히 할인된 금액으로 18층의 시원한 스위트룸을 배정받았다. 그곳에서는 카리브해의 둥근 수평선과 거대한 석호, 그리고 산들의 윤곽까지도 내려다볼 수 있었다. 가격은 여선생님 월급의 4분의 1에 해당했지만, 화려하고 조용하며 봄과 같은 기온의 객실이었다. 종업원들의 극진한 서비스를 받자, 그녀는 부족했던 자신감이 되살아나는 것을 느꼈다.

그녀는 오후 3시 30분에 도착했고, 밤 8시가 되어 저녁을 먹으러 내려갈 때까지 단 한순간도 마음이 편하지 않았다. 호텔 화원의 글라디올러스는 멋지고 근사했지만, 열 배나 더 비싼 탓에 지난 두 번의 여행에서 이용했던 꽃 가게의 꽃으로 만족했다. 그녀는 관광객이나 갈 만한 새로운 공동묘지에 대해 가장 먼저 경고했던 사람이었다. 그 묘지는 음악이 흐르고 석호 주변에서는 새들이 노래하는 꽃밭인 양 광고하고 있었지만, 공간을 절약하기 위해 죽은 사람의 몸을 수직으로 세워서 매장하고 있었다.

오후 5시가 지나서 공동묘지에 도착했다. 다른 해보다 햇볕이 따갑지 않았다. 몇몇 무덤은 파헤쳐져 텅 비어 있었고, 길 양쪽에는 생석회 더미 사이로 관과 뼈 부스러기들이 널려 있었다. 마지막 순간에 급히 서두르느라고 원예용 장갑을 가져오는 걸 잊었고, 그래서 그녀는 맨손으로 비석의 흙먼지를 떨어내야만 했다. 그러면서 어머니에게 그해에 있었던 이야기를 들려주었다. 유일하게 좋은 소식은 아들 이야기였다. 아들은 12월에 차이콥스키의 「로코코 주제에 의한 변주곡」을 연주하며 교향악단의 독주자로 데뷔할 예정이었다. 또한 딸의 종교적 소명에 대해서는 말하지 않으면서 딸의 명성에 부끄러움이 없도록 기적을 행해 달라고 부탁했는데, 아마도 그녀 어머니가 기꺼이 들어줄 부탁이 아니었기 때문이었을 것이다. 마지막으로 주먹으로 가슴을 눌렀고, 지난해 자유연애를 했던 밤의 비밀, 그러니까 자기 자신만이 고이 간직했으며, 그 순간까지 혼자만 알고 있던 비밀을 고백했다. 그리고 그의 이름도 모르고 그의 마음도 모른다고 털어놓았다. 그녀는 어머니가 잘했다는 승인의 신호를 보낼 것이라고 너무나 확신하며 곧 그 신호가 오기를 기다렸다. 그녀는 꽃이 활짝 핀 케이폭 나무를 쳐다보았고, 부러진 가지들은 되풀이해서 바람에 실려 날아갔다. 그녀는 하늘과 바다, 그리고 끝없이 이어지는 하늘에서 한 시간 이상 늦게 마이애미로 가는 비행기를 보았다.

호텔로 돌아왔을 때 그녀는 자신의 옷 상태와 먼지로 더러워진 머리카락이 창피하게 느껴졌다. 지난해부터 미용실에 가지 않았는데, 그것은 그녀의 머리카락이 부드럽고 매끄러운 데다 성격에 맞게 잘 길든 때문이었다. 가스톤이라는 이름보다 나르시소라는 이름이 더 어울릴 것 같은 거들먹거리고 기름기 좔좔

흐르는 헤어디자이너가 그녀를 맞이해서 어떤 스타일이 어울릴지에 대해 온갖 종류의 솔깃한 제안을 하고는 결국 귀부인 머리를 해 주었다. 밤 파티가 있을 때 그녀 자신이 그리 과장되고 화려하지 않게 단장하던 머리 모양이었다. 그리고 어머니 같은 네일 아티스트는 공동묘지의 먼지와 쓰레기로 엉망이 된 손을 핸드크림으로 복구해 주었다. 그러자 너무나 기분이 좋아진 나머지, 다음 해에 같은 날짜에 돌아와 머리 모양을 바꿔 보겠다고 약속했다. 가스톤은 미용실 요금은 10퍼센트의 팁을 제외하고 호텔비를 정산할 때 지급하면 된다고 설명했다. 그런데 얼마일까?

"20달러입니다." 가스톤이 말했다.

그녀는 믿기 어려운 우연에 몸을 떨었다. 그것은 자기 모험의 상처를 태워 버리기 위해 어머니에게서 기다리던 신호일 수밖에 없었다. 그녀는 알지 못하는 연인의 꺼지지 않는 불꽃처럼 손가방 안에서 일 년 동안 불타올랐던 지폐를 꺼내 미용사에게 주었다.

"잘 쓰세요." 그녀는 행복한 표정으로 말했다. "이건 살과 뼈로 된 거랍니다."

그 화려한 호텔의 또 다른 신비들을 아나 막달레

나 마리아는 쉽게 이해할 수 없었다. 담배에 불을 붙이자, 경보 시스템이 울리며 불이 켜졌고, 어느 권위적인 목소리가 3개 국어로 지금 그녀가 있는 곳이 비흡연자 방임을 알려 주었다. 그녀는 도움을 청해야 했고, 그렇게 객실 문을 여는 카드로 등과 텔레비전, 에어컨과 앰비언트 음악을 켤 수 있다는 것을 알았다. 종업원들은 그녀에게 둥글게 생긴 욕조의 전자 키패드를 어떻게 조작해야 에로틱하고 위생적인 거품 욕조를 조절할 수 있는지 알려 주었다. 호기심을 참지 못해 그녀는 묘지의 햇빛을 받아 땀에 축축이 젖은 옷을 벗고는, 목욕 모자를 써서 머리 맵시가 망가지지 않게 하고 거품의 회오리에 몸을 맡겼다. 행복한 얼굴로 그녀는 집에 전화를 걸었고, 남편에게 "당신은 지금 얼마나 내가 당신을 필요로 하는지 상상도 못 할 거예요."라며 진실을 외쳤다. 그녀의 외침이 너무나 생생해서, 그는 전화 속에서 욕조가 흥분하고 있음을 느꼈다. 그러자 그가 말했다.

"제기랄, 당신이 돌아와 내게 꼭 그렇게 해 줘야 하오."

저녁을 먹으러 내려왔을 때는 밤 8시였다. 옷을

입을 필요가 없도록 전화로 먹을 것을 시키는 방법도 생각했지만, 룸서비스 추가 요금 때문에 가난한 사람처럼 카페테리아에서 먹기로 했다. 신축성 있는 검은 실크 원피스는 유행에 비해 너무 길었지만, 그녀의 머리 모양과 잘 어울렸다. 레이스 때문에 다소 난감했지만, 목걸이와 귀고리, 그리고 모조 에메랄드 반지 덕분에 기분이 좋아졌고, 눈빛이 더욱 빛났다.

그녀는 이내 밀크커피와 햄치즈샌드위치를 카페테리아에서 먹었다. 관광객들의 시끄러운 소리와 찢어질 듯한 음악에 괴로워하며 그녀는 방에 올라가면 석 달 전부터 읽어 주기를 기다리던 존 윈덤[11]의 『트리피드의 날』을 읽기로 했다. 그런데 조용한 로비에 있게 되자 다시 기운이 났고, 카바레 앞을 지나면서는 완벽한 기술로 「황제 왈츠」[12]를 추는 전문 무용수 커

---

11 John Wyndham(1903~1969). 영국의 과학 소설 작가로 외계인과 지구인의 싸움을 소재로 많은 작품을 썼다. 대표작으로 『바닷속의 우주 괴물』, 『트리피드의 날』 등이 있다.

12 요한 슈트라우스 2세(Johann Strauss II, 1825~1899)가 1888년에 작곡한 왈츠로, 오스트리아 황제 프란츠 요제프 1세의 재위 사십 주년 기념 무도회의 축전 음악이었다.

플을 눈여겨보았다. 그녀는 문 앞에서 넋을 놓고 있었다. 심지어 그 커플이 시범 춤을 끝내고 무대가 일반 손님으로 가득 찬 이후에도. 그때 등 뒤의 아주 가까운 거리에서 달콤한 남자 목소리가 그녀를 공상에서 깨어나게 했다.

"춤추시겠습니까?"

그는 너무나 가까이 있었고, 애프터셰이브 로션 뒤로 은은한 두려움의 향내가 느껴졌다. 그녀는 고개를 돌려 그를 쳐다보았고, 숨도 제대로 못 쉰 채 그대로 있었다. "미안합니다." 그녀는 놀라서 대답했다. "춤출 의상이 아니에요." 하지만 그는 전혀 머뭇거리지 않고 바로 대답했다.

"부인, 당신이야말로 옷을 제대로 입을 줄 아는 여인입니다."

그 말에 그녀는 깊이 감동했다. 그녀는 손바닥으로 자기 몸과 깨끗한 레이스, 탱탱한 가슴, 맨살의 팔을 무의식적으로 만져 보면서, 자기 몸이 실제로 자기가 느끼는 그곳에 있는지 확인했다. 그때 그녀는 다시 어깨 너머로 그를 쳐다보았다. 목소리의 주인공이 누구인지 보기 위해서가 아니라, 그가 앞으로 다시 볼 수 없을 가장 아름다운 눈에 그를 담기 위해서였다.

"정말 친절하고 예의 바른 분이군요." 그녀가 사랑스러운 목소리로 말했다. "이제는 그렇게 말하는 사람이 없거든요."

그러자 그는 그녀 옆에 섰고, 기운 빠진 손으로 말없이 다시 춤을 청했다. 섬에서 혼자이며 자유로운 몸인 아나 막달레나 바흐는 절벽 모서리를 잡듯이 온몸의 힘을 다해 그 손을 부여잡았다. 두 사람은 옛날식으로 왈츠 세 곡을 추었다. 그녀는 첫 스텝을 밟았을 때부터 교사의 냉소적 버릇으로 그가 관광객들의 밤을 흥겹게 만들도록 고용된 또 다른 전문가라고 추측했고, 그래서 그가 이끄는 대로 날렵하게 원을 돌았지만, 항상 자기 팔만큼의 거리를 유지했다. 그는 그녀의 눈을 쳐다보면서 "예술가처럼 춤을 추네요."라고 말했다. 그녀는 맞는 말이라는 걸 알았지만, 그 또한 그가 침대로 데려가고자 하는 모든 여자에게 그렇게 말했으리란 것도 알고 있었다. 두 번째 왈츠를 출 때, 그는 그녀를 자기 몸 쪽으로 더 끌어당기려고 했지만, 그녀는 자기 위치를 고수했다. 그는 그걸 좋게 해석했고, 자기 기술에 최선을 다하면서, 마치 꽃을 다루듯이 손가락 끝으로 허리를 잡고 이끌었다. 그녀도 똑같이 그에게 화답했다. 세 번째 왈츠 중간이 되자, 마치 항상 알고 지낸 것처럼 그를 알게 되었다.

그토록 고루하고 파렴치한 말을 구사하리라고는 상상조차 할 수 없는 멋지고 아름다운 남자였다. 피부는 창백하고, 풍성한 눈썹 아래의 눈은 이글거렸으며, 검은 머리카락은 헤어젤로 잔뜩 멋을 냈고, 머리 한가운데에는 완벽한 가르마가 있었다. 날씬한 허리를 꽉 죄는 생사(生絲)로 만든 열대 턱시도가 멋쟁이 신사의 외모를 완성하고 있었다. 그의 모든 것이 그의 태도만큼이나 너무나 가식적이었지만, 뜨겁게 흥분한 눈은 그녀에게 동정을 베풀어 달라고 간절히 호소하고 있었다.

왈츠가 끝나자, 그는 그녀를 외딴 테이블로 데려가면서, 아무 말도 하지 않고 어떤 허락도 구하지 않았다. 사실 그럴 필요는 없었다. 그녀는 이미 모든 걸 알고 있었으니까. 어둠에 잠긴 홀은 멋진 시간을 보내기에 좋았고, 각각의 테이블은 나름의 은밀한 분위기를 풍기고 있었다. 그들은 살사 시간에는 휴식을 취하면서, 열광적으로 춤추는 커플들을 바라보았다. 그녀는 그가 자기에게 할 말은 단 하나뿐이라는 것을 알고 있었다. 시간은 빠르게 흘러갔다. 두 사람은 샴페인 반 병을 마셨다. 살사 시간은 11시에 끝났고, 악단 단원이 볼레로의 여왕 엘레나 부르케[13]의 특별 공연이 진행된다고 알려 주었다. 카리브해 순회공연으로 하룻밤만 유일하게 그 호텔에서 공연한다는 것이었다. 그렇게 그녀는 조명을 받아 눈부신 모습으로 우레와 같은 박수를 받으며 나타났다.

아나 막달레나는 그가 서른 살을 넘지 않았을 것으로 추정했다. 볼레로 음악에 거의 발을 내딛지 못했기 때문이었다. 그녀는 차분하고 요령 있게 그를 이끌었고, 그는 그렇게 스텝을 밟았다. 그와 거리를 유지했지만, 이번에는 품위 때문이 아니라, 그에게 샴페인으로 뜨거워진 혈관 속에서 느끼는 기쁨을 전달하지 않기 위해서였다. 그는 처음에는 부드럽게 끌어당겼지만, 나중에는 온 힘을 다해 팔로 허리를 붙잡았다. 그러자 그녀는 자기 허벅지에서 그가 원했던 걸 느꼈다. 그는 자기 영역을 표시하고자 그녀에게 그걸 느

13 Elena Burke(1928~2002). 쿠바의 인기 가수로 볼레로와 낭만적인 발라드로 유명하다.

끼게 하고 싶어 했던 것이다. 그녀는 무릎에서 힘이 빠지는 것을 느꼈고, 혈관 속에서는 피가 고동치고, 숨쉬는 동안 얼굴이 달아오르는 있을 수 없는 일이 일어나자 속으로 욕을 퍼부었다. 그러나 그 상태를 성공적으로 극복했고, 두 번째 샴페인 병 주문에 반대했다. 그는 그녀의 상태를 눈치챈 게 분명했다. 그녀에게 해변으로 산책하자고 제안했기 때문이다. 그녀는 별로 내키지 않았지만, 자비로운 냉정함으로 마음을 숨겼다.

"'내가 몇 살인지' 아니면 '내 나이가 얼마나 되는지' 중에 선택하는 게 좋을 것 같아요."

"당신 나이가 많으리라고는 상상해 보지 않았어요." 그가 말했다. "당신이 원하는 나이가 얼마이든 상관없습니다."

그의 말이 끝나지도 않았는데, 그녀는 너무 심한 거짓말에 짜증이 나서 자기 몸에게 마지막 딜레마, 즉 지금 아니면 영원히 안 된다고 제안했다. "미안해요." 그녀는 일어나면서 말했다. "가야겠어요." 그는 어리둥절한 표정을 지으며 벌떡 일어났다.

"왜 그러시죠?"

그러자 그녀가 말했다.

"가야겠어요. 샴페인은 내가 좋아하는 술이 아니거든요."

그러자 그는 순진하게도 다른 계획을 제안했다. 아마도 가겠다고 하는 여자의 걸음은 사람이건 신이건 멈추게 할 수 없다는 사실을 알지 못하는 것 같았다. 마침내 그가 물러섰다.

"내가 데려다줘도 될까요?"

"그럴 필요까지는 없어요." 그녀가 말했다. "정말 고마워요. 잊을 수 없는 밤이었어요."

엘리베이터 안에서 이미 그녀는 후회했다. 자기 자신에게 지독한 증오를 느꼈다. 그러나 해야 할 일을 했다는 기쁨이 그 감정을 상쇄했다. 그녀는 방으로 들어가 신발을 벗고 침대에 드러누워 담배에 불을 붙였다. 화재 경보가 울렸다. 거의 동시에 문을 두드리는 소리가 났고, 그녀는 욕실이라는 은밀한 공간에서까지 손님들에게 규정을 지키도록 강요하는 그 호텔에 욕을 퍼부었다. 그러나 문을 두드린 사람은 규정의 집행자가 아니라 그였다. 어두운 복도에 그가 밀랍 박물관의 인형처럼 서 있었다. 그녀는 문손잡이를 손으로 잡고서 한 치의 관대함도 베풀지 않고 확인했고, 마침내 그에게 길을 터 주었다. 그는 자기 집인 듯이 들어왔다.

"마실 것 좀 주세요." 그가 말했다.

"당신이 알아서 마셔요." 그녀는 전혀 긴장하지 않고 말했다. "난 이 우주선이 어떻게 작동하는지 전혀 알지 못하거든요."

반면에 그는 모든 걸 알고 있었다. 불빛을 줄였고, 은은한 음악을 틀었으며, 무대 지휘자처럼 능숙하게 미니바에서 샴페인 두 잔을 따랐다. 그녀는 그 놀이를 수락했지만, 그녀 자신이 아니라 그녀 역할을 맡은 주인공으로서 받아들였다. 두 사람이 건배했을 때, 전화벨이 울렸다. 그녀가 전화를 받았다. 호텔 보안 요원이 아주 다정한 목소리로 알려 주었다. 접수 데스크에 등록하지 않은 사람은 그 누구도 밤 12시 이후에는 스위트룸에 있을 수 없다는 것이었다.

"설명하실 필요 없어요." 그녀는 그의 말을 끊으면서 무안해했다. "미안해요."

얼굴이 빨개져 전화를 끊었다. 그는 그 경고를 듣기나 한 듯이, 그런 정책을 아주 쉽게 설명했다. "모르

몬교도들의 호텔이거든요." 그러고는 말을 돌리지 않고서 한 시간 십오 분 후에 개기 월식이 시작되니 해변에서 함께 보자고 제안했다. 그녀가 몰랐던 새로운 소식이었다. 그녀는 월식이란 말에 어린아이처럼 흥분했지만, 밤새 품위를 지킬 것인지 유혹에 빠질 것인지 갈등했기에 그럴듯한 논거를 내세워 결정할 수가 없었다.

"더는 빠져나갈 방법이 없습니다." 그가 말했다. "그게 우리의 운명이에요."

이런 초자연적인 핑계를 듣자, 더는 주저할 필요가 없었다. 두 사람은 그의 멋진 고급 밴을 타고 월식을 보러 갔다. 그들이 간 곳은 관광객의 흔적이 없는 코코넛 야자수 숲에 숨어 있는 조그만 만(灣)이었다. 수평선에서는 도시의 희미한 불빛이 보였고, 하늘은 맑고 별이 가득했으며, 달은 고독하고 슬프게 떠 있었다. 그는 야자수 그늘에 주차했고, 신발을 벗었으며 허리띠를 느슨하게 풀었고, 의자를 뒤로 젖히고 편하게 누웠다. 그제야 비로소 그녀는 밴에는 앞좌석 두 개만 있으며, 버튼을 누르기만 하면 그 좌석은 침대가 된다는 사실을 알았다. 나머지 공간에는 미니바와

파우스토 파페티[14]의 색소폰과 오디오 세트가 있었으며, 짙은 분홍색 커튼 뒤로는 휴대용 비데가 설치된 조그만 욕실이 있었다. 그녀는 모든 걸 알 수 있었다.

"월식은 없겠군요." 그녀가 말했다.

그는 틀림없이 월식이 예고되었다고 장담했다.

"월식은 일어나지 않을 거예요." 그녀가 말했다. "월식은 보름달일 때만 생기는데, 지금은 상현달이잖아요."

그는 전혀 동요하지 않았다.

"그럼, 일식이겠군요." 그가 말했다. "우리에게 남은 시간이 더 많겠어요."

이제 절차 따위는 더 이상 필요 없었다. 둘은 자기들이 무엇을 향해 가고 있는지 이미 잘 알고 있었다. 그녀는 첫 번째 볼레로를 추었을 때부터 그것이 그에게 바랄 수 있는 유일한 것임을 알고 있었다. 그녀는 그가 마술사와 같은 멋진 솜씨로, 그러니까 손가락 끝으로 거의 자기를 건드리지도 않은 채, 마치 양파 껍질을 벗겨 내듯이 자기 옷을 하나씩 벗기는 것에 놀라

---

14 Fausto Papetti(1923~1999). 이탈리아의 유명한 알토 색소폰 연주자.

지 않을 수 없었다. 첫 번째 공습에서 그녀는 아파 죽을 것 같았고, 사지가 찢긴 송아지처럼 지독하게 몸이 떨리는 것을 느꼈다. 숨을 제대로 쉴 수도 없었고, 식은땀으로 범벅이 되었지만, 그녀는 원초적 본능에 도움을 청해 그 느낌을 감소시키지 않았고, 그와 똑같은 느낌을 받고자 했다. 그렇게 둘은 부드러운 감정으로 통제하면서도 짐승 같은 힘으로 형언할 수 없는 쾌락을 탐닉했다. 그녀는 그가 누구인지 알려 하지도 않았고, 알기를 원하지도 않았다. 그런데 그 대단한 밤을 보낸 지 약 삼 년 후, 텔레비전에서 슬픈 흡혈귀라고 불리는 그의 사진을 알아보았다. 그는 사기꾼이자 마음의 평정을 잃은 과부들을 등쳐먹는 뚜쟁이였고, 두 여자를 살해한 용의자로 카리브해 경찰이 수배 중인 인물이었다.

4

아나 막달레나 바흐가 그해의 남자를 만난 장소는 섬으로 가는 여객선이었다. 비가 쏟아질 것 같았고 바다는 마치 10월의 바다 같아서, 선실 밖으로 나가기에는 그리 좋지 않은 날씨였다. 배가 출항했을 때부터 카리브해 음악 밴드가 연주를 시작했고, 독일인 관광객 무리는 섬에 도착할 때까지 쉬지 않고 춤을 추었다. 그녀는 아침 11시에 아무도 없는 텅 빈 식당에서 조용한 장소를 찾아 레이 브래드버리[15]의 『화성 연대기』를 읽는 데 집중하려고 했다. 어느 정도 목적을 이루었을 때 한 외침 소리가 그녀의 정신을 흩뜨렸다.

"오늘은 정말 행복한 날이군요!"

아주 유명하고 신망이 두터운 변호사 아킬레스

15 Ray Bradbury(1920~2012). 미국 작가. 공상 과학 소설의 거장. 대표작으로 『화성 연대기』, 『화씨 451』이 있다.

코로나도 박사였다. 학교 다닐 때부터 그녀의 친구였고, 딸의 세례 성사 대부였다. 그가 팔을 활짝 벌리고서 중요 인사처럼 힘겨운 걸음걸이로 복도를 따라 다가오고 있었다. 그러더니 그녀의 허리를 잡아 번쩍 들고는 숨이 막힐 정도로 입을 맞추었다. 그의 친절함과 호의는 다소 과장된 면이 있어서, 상대방은 보통 의심하고 불신했지만, 그녀는 그가 진실로 기뻐한다는 걸 알았다. 그녀 역시 아주 기쁘게 응답하고는 그를 자기 옆에 앉혔다.

"빌어먹을, 정말 끔찍한 일이야!" 그가 말했다. "이제 결혼식이나 장례식이 아니면 만날 수가 없다니."

정말로 두 사람이 만난 건 삼 년 만이었다. 삼 년이란 세월의 흔적이 너무나 확연하게 눈에 띄어서, 그녀가 그를 보는 것처럼, 그 역시 망연자실하게 자기를 볼 수도 있다는 생각을 하니 그녀는 소름이 끼쳤다. 그에게는 아직 검투사의 격렬한 모습이 남아 있었지만, 피부는 푸석푸석했고, 르네상스 시대의 인물처럼 군턱이 졌으며, 누런 머리카락 몇 가닥은 바닷바람을 맞아 곤두서 있었다. 두 사람은 중학교 때에 만나 알게 되었는데, 그때 그는 이미 몸 파는 여자와 사랑을 나누는 데 전문가였지만, 그의 뻔뻔함은 저녁 6시에 상영하는 성인 영화관 이상으로 나아가지 못했다. 그러나 결혼을 잘한 덕분에 민법으로 평생을 사는 것보다 더 많은 명성과 돈을 얻었다.

그의 유일한 실패와 좌절은 아나 막달레나 바흐와의 관계였다. 열다섯 살, 그가 처음으로 시도했을 때 그녀는 그를 차단해 버렸다. 이제 두 사람은 결혼한 몸이었고 아이들도 있었다. 그는 노골적이고 너무나 파렴치한 공격을 재개하여, 감정적인 핑계도 없이 그녀를 침대로 데려가려고 했다. 그녀는 그의 말을 심각하게 받아들이지 않는 치명적인 수법을 적용했지만, 그는 더욱 강하게 공격을 퍼부었다. 마침내 그는 그녀의 집을 꽃으로 가득 채웠고, 뜨거운 편지를 두 통 보냈는데, 그녀는 그 편지에 감동하고 말았다. 그러나 평생 유지해 온 아름다운 우정을 망치지 않으려고 확고하게 거리를 두었다.

두 사람이 배에서 다시 만났을 때, 그는 흠잡을 데 없이 완벽한 차림을 하고 있었다. 파렴치한 제안을 할 때의 그는 누구와도 견줄 수 없었다. 그녀는 부둣가에서 그와 헤어졌다. 오후 4시의 여객선으로 돌아가려면 할 일만을 하기에도 시간이 빠듯했기 때문이다. 그녀는 숨을 깊이 들이마셨다. 8월 16일이 다시 돌아오길 한순간도 잊지 않고 꿈꾸었지만, 지난 두 번의 경험으로 분명하게 배운 바에 따르면, 일 년 내내 기다리다가 하룻밤의 우연에 나머지 인생을 맡기는 것이야말로 어리석기 짝이 없는 일이었다. 그녀는 자신의 첫 번째 모험엔 행운이라는 우연이 따랐지만, 그 행운을 선택한 사람은 자기라고 굳게 믿었다. 반면에 두 번째 모험에서 그녀는 선택된 사람이었다. 첫 번째 모험은 20달러라는 개운치 않은 뒷맛 때문에 망쳤지만, 하룻밤을 함께 보낼 가치가 있는 남자였다. 반면에 두 번째 모험은 초자연적 쾌감으로 인해 갑작스럽게 불타오른 것이었고, 그래서 배 속에 불덩이의 흔적이 남아서 사흘 동안 생리대를 차고 좌욕을 해야만 했다.

호텔에 관해서는 항상 이용하던 호텔이 가장 낫고 적당했으며 그녀와 가장 닮아 있었지만, 직원들이 그녀를 알고 있을 위험이 다분했다. 두 번째 해의 남자는 중세 도덕주의가 되고 마는 억압적 근대성의 소유자, 즉 남성중심주의적인 사람이었다. 어쨌거나 그토록 웅장하고 잘난 체하는 호텔에서 야회복을 입는 실수를 범하는 것은 우연히 만난 하룻밤의 연인이 20달러가 아니라 100달러 지폐를 놔둘 위험을 가중할 뿐이었다. 그래서 세 번째에는 그녀 자신이 되기로 했다. 다시 말해, 자기답게 옷을 입고, 우연에 기대지 않고 자신이 직접 선택할 자유를 남겨 두기로 했다. 그러면서 첫 번째 남자의 부적절한 태도를 다소 너그럽게 떠올렸다. 그녀는 상처가 아물기 시작하는 것을 느꼈고, 온 마음을 다해, 그리고 이번에는 놀라거나 서두르지 않으면서 과거 두 연인의 경험을 통해 얻은 창의적인 믿음을 바탕으로, 새로 만날 연인을 침대로 데려가기를 간절히 바랐다.

다른 택시 운전사의 도움으로 그녀는 아몬드 나무 숲속에 있는 시골풍의 오두막집 호텔을 골랐다. 춤을 출 수 있는 커다란 마당과 그 주변에 식사할 수 있는 식탁이 있고, 쿠바의 위대한 가수인 셀리아 크루스[16]의 특별 공연을 아주 신속하게 알리는 광고문이 붙어 있는 곳이었다. 그녀에게 배정된 오두막은 은밀

16 Celia Cruz(1925~2003). 쿠바계 미국인 가수로 흔히 '살사의 여왕'이라고 불린다.

하고 시원해 보였고, 침대는 세 사람이 누울 수 있을 정도로 넓고 편안했으며, 게다가 숲속에 있다는 점이 더없이 좋았다. 날이 밝을 때까지 일생일대의 남자를 만나야 한다는 생각만으로도 가슴속에서 다시 참을 수 없는 나비의 날갯짓이 느껴졌다.

공동묘지에는 계속 이슬비가 내렸다. 그녀는 이미 무덤의 잡초가 깨끗이 제거되고, 오솔길이 반반하게 골라져 있으며, 관의 잔해들과 주인 없는 뼈들이 치워져 있는 것을 눈여겨보았다. 그리고 자기 어머니에게, 도시가 재정 압박을 겪고 있지만 음악원에서 남편이 얼마나 훌륭하게 한 해를 보냈는지 미주알고주알 털어놓았다. 또한 관현악단에서 아들이 얼마나 발전했는지, 딸이 수녀원에 들어가지 못하도록 있는 힘을 다했지만 실패했다는 이야기도 들려주었다.

호텔로 돌아오는 길에 어느 관광 기념품 가게에서 오아하카의 전통 의상을 보고는 그날 밤에 입기에 가장 적당한 옷이라고 생각했다. 그녀는 자기가 자신의 절대적인 주인이라고 느끼고 있었다. 전혀 놀라지 않은 채 그녀는 『화성 연대기』 3장을 읽었고, 남편에게 전화를 걸었으며, 사랑의 농담을 즐겁게 주고받았다.

샤워했고, 거울 속에서 오아하카 전통 의상을 생각해 낸 아스테카 왕비처럼 너무도 아름답고 자유로운 자기 모습을 보았다. 다른 점이 있다면 에나멜 가죽 구두뿐이었다. 그날 밤 의상에는 맨발이 어울린다고 생각했지만, 거기까지는 감히 용기가 나지 않았다. 그녀는 춤추는 무대로 가면서 잠깐의 좌절을 느꼈으나 우연한 사건이 일어날 것을 확신했다.

아몬드 나무들은 색색의 불이 켜진 꽃 줄로 장식되어 마치 크리스마스트리처럼 보였고, 마당은 다양한 생김새의 젊은 사람들 덕분에 활기를 띠고 있었다. 금발의 여자들이 우연히 만난 흑인들과 춤추고 있었고, 세파에 찌들어 모든 걸 포기한 늙은 부부들도 춤추고 있었다. 그녀는 외딴 테이블에 앉아서 촉각을 세우고 정신을 바짝 차렸다. 그때 그녀 뒤에서 누군가가 손으로 눈을 가렸다. 그녀는 기분 좋게 그 손을 만졌다. 촉감으로 왼쪽 손목에 고급 시계를 차고 있고, 약지에 결혼반지를 끼고 있다는 사실을 알았지만, 그의 이름을 말하는 위험을 감수하지는 않았다.

"졌소." 그가 말했다.

아킬레스 코로나도였다. 그는 돌아가는 것을 다

음 날로 미뤄야만 했고, 두 사람이 각자 혼자 섬에 있는데, 따로 앉아서 저녁을 먹는 것은 옳지 않다고 생각했다. 그녀는 그가 어느 호텔에 있는지 몰랐지만, 그녀 남편은 전화로 그 호텔 이름을 말해 주고는, 두 사람이 함께 식사할 수 있다는 사실에 기뻐했다.

"우리가 헤어진 후 난 한시도 마음이 편한 적이 없었소." 그는 행복한 표정으로 말을 맺었다. "오늘 밤은 우리의 밤이오."

세상이 발아래로 무너지는 느낌이었지만, 그녀는 침착함을 잃지 않았다.

"배에서 당신은 완벽했어요." 그녀는 일부러 명랑하게 말했다. "세월이 흐르면서 신중하고 현명해진 게 눈에 보여요."

"그렇다오." 그가 말했다. "하지만 그 말에 내가 기뻐할 거라고는 생각하지 마시오."

그녀는 샴페인을 마시려고 하지 않았다. 여객선에서 먹은 점심 때문에 머리가 아프고, 목으로 구역질이 올라오며, 한기를 느낀다고 말했다. 그는 위스키 더블 샷을 온더록스로 갖다 달라고 주문했다. 그녀는 아스피린 한 알로 만족하면서, 마치 독약처럼 삼켰다.

그 행사는 로스 판초스[17] 노래를 전문적으로 부르는 3인조 가수의 노래로 시작됐다. 아무도 그들에게 관심을 보이지 않았고, 아킬레스 코로나도는 특히 더 그랬다. 그는 사춘기 때부터 자기 마음속에서 키워 왔던 열정을 시원하게 털어놓았다. 아내와 어둠 속에서 사랑을 나누면서도 아나 막달레나를 생각할 때만 행복했었다고. 그녀는 시간을 끌면서 그가 술을 마시도록 유도했다. 그녀는 그가 술을 잘 마시지 못하며, 위스키 두 잔만 마셔도 어김없이 벼랑으로 기어가 혼자 떨어지고도 남는다는 걸 알았다. 그는 그녀가 자비를 베풀어 자기를 기쁘게 해 주는 일은 절대 없으리라는 걸 알았지만, 침대에서 일 분만, 딱 일 분만 함께 있으면서 옷을 입은 채 키스하게 해 달라고 애원했다. 실제로 무슨 말을 해야 할지 몰라서, 그녀는 이렇게 말했다.

"동료끼리 그러는 건 용서받을 수 없는 죄예요."

"난 진심으로 말하고 있소." 그는 그녀의 비아냥에 상처를 입고서 테이블을 쾅 내리쳤다. "빌어먹을!"

---

17 Los Panchos. 1944년에 뉴욕에서 결성한 3인조 남성 그룹으로 볼레로와 낭만적 발라드를 주로 불렀으며, 라틴아메리카에서 가장 영향력 있는 가수로 꼽힌다.

그녀는 대담하게 그의 눈을 쳐다보았고, 그의 목소리에서 이미 느꼈던 것을 확인했다. 그는 눈물을 펑펑 쏟고 있었다. 그녀는 한마디도 하지 않고 테이블에서 일어나 방으로 돌아갔고, 침대에서 분을 참지 못해 마구 울기 시작했다.

다시 기분을 되찾았을 때는 이미 12시가 넘은 시간이었다. 머리가 아팠지만, 더 속상한 것은 그날 밤을 허비한 것이었다. 그녀는 약간 단장을 하여 그날 밤을 되찾을 준비를 하고 내려갔다. 그리고 아침에 일찍 일어나는 부지런한 관광객들이 버려둔 정원 앞의 바 의자에 앉아 진토닉을 마셨다. 근육 보충제로 근육을 만들고 금목걸이와 금팔찌를 한 예쁘장한 꽃미남이 도착했다. 머리카락은 금발이었고, 불그스름한 피부에 선크림을 바른 모습이었다. 그는 바에서 형광 색깔의 술을 마셨다. 그녀는 젊고 근사한 몸매의 바텐더에게 작업을 걸 수 있을지 생각했고, 마침내 안 된다고 마음속으로 대답했다. 그리고 거리로 나가서 자신의 8월에 호의를 베풀 누군가를 만날 때까지 자동차를 세울 수 있을까 스스로에게 물었지만, 대답은 역시 '아니'었다. 그날 밤을 잃어버리는 것은 일 년을 송

두리째 잃어버리는 것이나 마찬가지였지만, 이미 새벽 3시였고, 더는 어찌할 방법이 없었다. 다시 말해, 그날 밤을 잃어버린 것이었다.

남편과의 관계는 지난 삼 년 동안 눈에 띌 만큼 변했고, 그녀는 섬에서 돌아갈 때의 기분 상태에 따라 그 변화를 해석했다. 기억하면 씁쓸해지는 그 20달러의 남자는 결혼의 현실에 눈을 뜨게 해 주었다. 그때까지 그녀의 결혼은 말싸움이 나지 않도록 그것을 회피하는 구태의연하고 상투적인 행복으로 지탱되고 있었는데, 그건 카펫 아래에 쓰레기를 숨기는 것과 같았다. 두 사람이 가장 행복하던 때였다. 말하지 않고도 서로를 이해했으며, 자신들의 짓궂은 행동에 배꼽이 빠질 것처럼 웃었고, 사춘기 애들처럼 아무 생각 없이 무작정 사랑하곤 했다.

딸의 운명은 쉽게, 그리고 천천히 해결되었다. 그들은 친한 사람들만 모인 파티에서 딸과 작별했는데, 그 자리에는 재즈 음악가와 그의 새로운 여자 친구도 초대되었다. 도메니코와 그 음악가는 벨라 바르톡[18]의

---

18 Béla Bartók(1881~1945). 헝가리의 작곡가이자 피아

피아노와 색소폰 콘트라스트를 지극히 개인적으로 즉석에서 편곡했으며, 모두가 만나자마자 마치 오랜 친구처럼 친해졌다.

그들은 맨발 가르멜 수도원의 일반 미사에서 딸을 봉헌했다. 아나 막달레나와 남편은 장례식에 가듯이 옷을 입었지만, 미카엘라는 잠을 자지 못한 채 한 시간 늦게 도착했다. 어머니의 오아하카 전통 의상을 입었고 변함없이 테니스화를 신었으며, 화장품과 세면도구, 그리고 마지막 순간에 선물받은 벤 모리슨[19]의 앨범이 든 가방을 들고 있었다. 피부가 민감하고 한쪽 팔에 깁스를 한, 사춘기를 갓 벗어난 것처럼 보이는 사제가 아직 주님의 부르심을 확신하지 못한다면 돌이킬 수 있는 마지막 기회라면서 그녀와 즐겁고 명랑하게 대화를 나누었다. 아나 막달레나는 딸에게 이별

니스트. 복잡한 리듬과 멜로디, 그리고 풍부한 화성을 혼합하여 지적이면서도 정서적으로 매력적인 작품을 만든 것으로 유명하다.

19 Van Morrison(1945~). 1960년대 중반에 록 밴드 '뎀'에서 활동했으며, 그 후 오랫동안 솔로로 활동했던 아일랜드 출신의 가수 겸 작곡가이자 색소폰 연주자.

의 눈물을 바치고 싶었지만, 그토록 형식적인 분위기에서는 눈물이 나오지 않았다.

세 번째 여행 이후 삶은 바뀌었다. 집으로 돌아온 아나 막달레나는 남편이 섬에서 보낸 그녀의 밤에 대해 마음속으로 의문을 품기 시작했다는 인상을 받았다. 처음으로 그는 누구와 만났는지 궁금해했다. 그녀는 아킬레스 코로나도 변호사와 있었던 일을 모두 이야기했다. 남편도 그런 노인네들의 공격이 집요하다는 걸 잘 알고 있었기 때문이다. 그러나 제때 말을 멈추어 그가 섬에서 보낸 밤을 계속 생각할 발판을 제공하지 않았다.

사랑은 사뭇 달라져 있었다. 침대에서 도발적이고 짓궂던 도메니코는 다시 의욕을 잃고 불안해하고 동요했다. 아내는 그게 나이 때문이 아니라, 남편이 섬에서 그녀가 어떻게 밤을 보냈는지 의심하기 때문이라고 생각했다. 그러나 보다 차분하고 논리적으로 생각해 보니 상황은 반대였다. 그녀는 남편이 집 밖에서 비밀리에 마멸되고 있다고 생각하기 시작했다.

아나 막달레나는 남편에게 맞추었고, 남편처럼 되었다. 그는 그녀를 너무나 깊이 알고 있었기에 두 사람은 결국 한 사람처럼 되고 말았다. 결혼하기 전부터 그녀는 애인의 행동에 대비하라는 말을 자주 들었다. 무엇보다도 그의 유혹하는 힘과 저항할 수 없는 불장난과 바람기에 대해, 특히 음악과 여학생들과의 연애에 대해 주의해야 한다고 경고를 받았지만, 그런 소문에 귀를 기울이지도 않았고, 의심하지도 않았다. 그러나 약혼하자, 그녀는 그런 사실에 대해 물어보고 싶은 유혹을 거스를 수 없었고, 그는 모든 걸 부인했다. 그는 자기가 동정남이라고 농담했는데, 그 말이 너무나 그럴듯해서 그녀는 그 말이 사실일 수도 있다는 환상을 갖고 결혼했다. 그 믿음은 딸이 태어나기 직전까지도 전혀 흔들리지 않았다. 오랜만에 만난 학교 친구가 공중화장실에서 어떻게 그녀 남편이 사춘기 시절 사귀던 여자 친구와 헤어지게 된 거냐고 물어보기 전까지는. 그녀는 친구의 말을 단호하게 잘랐고, 그녀를 자기 삶에서 지워 버렸다. 뿐만 아니라, 가장 친한 친구들과도 항상 거리를 두었는데, 그 일이 있고 난 뒤에는 더욱 거리를 유지했다.

그녀가 자기 남편을 굳게 믿는 이유는 확실하고 단호해 보였다. 출산 이 개월 전까지, 두 사람이 나누는 사랑의 빈도나 열정은 전혀 줄지 않았다. 임신으로 흥분한 그녀의 열기를 잠재운 그에게 다른 침대에서 소비할 연료가 남아 있다는 것은 생물학적으로 불가능했다. 하지만 소문은 잠잠해지지 않았고, 그녀는 남편의 손에 뜨거운 감자를 쥐게 하고서[20] 선포했다.

"내가 당신에 대해 알게 될 모든 건 당신 잘못 때문이에요."

더는 사건이 일어나지 않았다. 그런데 세 번째 여행 이후 그녀는 그가 자기를 속이고 있다는 의심 속에서, 뜨겁게 끓어오르는 의식을 잠재웠다. 그렇게 여길 만한 강력한 징후가 있었다. 도메니코는 음악원에서 공식 근무 시간이 끝난 다음에도 오랫동안 길에서 시간을 보냈고, 집으로 돌아오면 곧장 화장실로 가서 향수를 뿌렸다. 그렇게 익숙한 자신의 로션 향내로 타인의 냄새를 덮은 다음에야 식구들에게 인사했고, 누가 묻지 않아도 자기가 어디에 있었는지, 무슨 일을 했는지, 누구와 함께 있었는지를 너무나 세세하게 설명했다. 어느 날 밤 성대한 만찬 공연에서 남편이 이례적

---

20 중요한 문제의 책임을 다른 사람에게 전가하려고 한다는 의미이다.

인 성공을 거두자, 그녀는 그의 기쁨을 방해하기로 했다. 그는 침대에서 「코지 판 투테(여자는 다 그래)」[21]의 악보를 읽고 있었다. 그는 조금 전에 섬에서 읽기 시작했던 『공포의 내각』[22]을 마친 상태였다. 그녀는 자기 옆에 있던 불을 껐고, 잘 자라는 인사도 없이 몸을 돌려 벽을 바라보았다. 그는 재미있다는 듯 말했다. "잘 주무세요, 부인." 그녀는 평소의 의식을 빠뜨렸다는 사실을 깨닫고서, 급히 말했다. "아, 미안해요, 여보." 그리고 그에게 잘 자라며 일상적인 키스를 했다. 그는 아내가 깨지 않도록 악보를 보며 작은 소리로 흥얼거렸다. 갑자기 평소처럼 등을 돌리고 있던 그녀가 말했다. "도메니코, 당신 일생에서 단 한 번이라도 진실을 말해 줘요." 그는 그녀가 자기 본명을 말하는 것이 고통의 징조임을 익히 알고 있었고, 그래서 평소의 차분하고 침착한 어조로 아내를 몰아붙였다. "그게 무슨

---

21 볼프강 아마데우스 모차르트의 오페라. 여인들의 정숙함을 시험해 보는 이 오페라는 당시 건강이 좋지 않았던 황제 요제프 2세의 기분을 전환하기 위해 작곡되었다고 전해진다.

22 그레이엄 그린(Graham Green, 1904~1991)의 소설. 프리츠 랑이 동명의 영화로 제작하기도 했다.

말이오?" 그녀가 남편 못지않은 어조로 말했다.

"그동안 몇 번이나 바람피웠어요?"

그러자 그가 말했다.

"바람이라고? 그런 적 절대 없소. 하지만 당신이 원하는 게 내가 누군가와 잠자리했는지 알고자 하는 거라면, 이미 오래전에 당신은 그걸 알고 싶지 않다고 내게 통고했소."

그것뿐이 아니었다. 결혼하고 나서 그녀는 남편에게 다른 여자와 함께 잠자리하는 건 상관없다고 말했다. 단, 조건은 항상 같은 여자와 자지 않는 것, 또는 한 번만 자는 것이라고 덧붙였다. 그러나 진실을 알고 싶은 순간이 되자, 자기가 했던 말에 반하는 말을 하고 말았다.

"그건 사람들이 그냥 의미 없이 하는 말이에요. 그 말을 그대로 받아들이면 안 돼요."

남편이 말했다.

"내가 아니라고 말해도 당신은 절대 내 말을 믿지 않을 거요. 내가 그렇다고 말하면 당신은 그걸 참지 못할 것이오. 그러니 어떻게 하는 게 좋겠소?"

그녀는 남자라면 그토록 말을 빙빙 돌리면서 아

니라고 말하지 않을 것임을 알았고, 그래서 먼저 선수를 쳤다. "그 행운의 여자가 누구죠?" 그는 자연스럽고 거침없이 말했다. "뉴욕 여자요." 그녀의 목소리가 높아지기 시작했다. "하지만 누구였죠?" "중국 여자였소."라고 그는 대답했다. 그녀는 심장이 주먹처럼 오므라들어 뭉쳐지는 느낌을 받았고, 그 쓸데없는 고통을 스스로 유발한 사실을 후회했지만, 그래도 고집을 굽히지 않고 모든 걸 알고자 했다. 하지만 그에게 그 사건은 이미 지나간 일이었고, 그래서 계획적으로 마지못한 표정을 지으며 모든 걸 말해 주었다.

십이 년 전 뉴욕의 어느 호텔이었다. 거기서 그는 바그너 축제 기간에 자기 오케스트라 단원들과 주말을 보냈다. 중국 여자는 베이징 오케스트라의 제1 바이올린 연주자로, 같은 층에 머물고 있었다. 남편이 이야기를 끝냈을 때, 아나 막달레나는 상처를 입고 괴로웠다. 그녀는 두 사람을 죽이고 싶었다. 그것도 자비로운 총알이 아니라, 햄 절단기로 투명할 정도로 얇게 회를 뜨면서, 그러니까 능지처참하듯이 조금씩 잘라서 죽이고 싶었다. 그러나 겨우 숨을 쉬면서, 자기가 궁금해하던 또 다른 질문을 했다.

"돈 줬어요?"

그는 아니라고, 그녀는 창녀가 아니었다고 대답했다. 그녀는 동요하지 않았고 뜻을 굽히지도 않았다. "만일 창녀였다면, 얼마를 주었을 것 같아요?" 그는 진지하게 생각했지만, 어떤 대답을 해야 할지 몰랐다. "모르는 척하지 말아요." 그녀가 분노로 목이 쉬어 말했다. "남자가 호텔 창녀 가격이 얼마인지 모른다는 걸 나한테 믿으라고 하지 말아요." 그러자 그는 솔직하게 말했다. "하지만 모르는 걸 어쩌겠소. 게다가 중국 여자인데 내가 어떻게 알겠소." 그러자 그녀는 참을 수 없는 괴로움과 번민으로 그를 에워쌌다.

"좋아요. 그 여자가 다정하고 당신에게 좋은 사람이었다면, 당신은 좋은 기억을 남겨 주려고 했을 거예요. 그렇다면 책 속에 얼마나 넣어 두었을 것 같아요?"

그 질문에 그가 놀라서 말했다.

"책이라고? 창녀들은 책을 읽지 않소."

"얼마인지 말해 보라고요, 제기랄." 그녀는 이렇게 말하면서 화를 억눌렀다. "당신이 그 여자가 창녀라고 믿었고, 떠나면서 그 여자를 깨우고 싶지 않았다면, 얼마를 놔두었을 것 같아요?"

"전혀 모르겠소."

"20달러인가요?"

그는 종잡을 수 없는 질문 속에서 길을 잃은 것 같았다. "모르겠소."라고 그는 말했다. "아마도 십이 년 전의 물가를 생각하면, 충분할 수도 있을 것 같소." 그녀는 눈을 감고 호흡을 정리하여 자신의 분노를 눈치채지 못하게 하고는, 갑자기 그에게 물었다. "수평 자세로 했나요?" 그는 웃음을 참지 못했고, 그녀도 따라 웃었다. 그러다 불현듯 멈추었고, 눈을 감아 눈물이 나오지 않도록 억눌러야만 했다.

"웃어도 되겠소?" 그는 가슴에 손을 대고 말했다. "하지만 지금 내가 이 안에서 느끼고 있는 걸 당신은 절대 느끼게 하고 싶지 않소. 그건 죽음이라오."

그는 일부러 악보를 보고 흥얼대면서 그 최악의 순간을 피하고자 했다. 그녀는 잠들려고 애썼지만, 그럴 수가 없었다. 마침내 그가 잠들었더라도 들을 수 있도록 큰 소리로 속 시원하게 말했다.

"빌어먹을! 남자들은 다 똑같아요. 모두 빌어먹을 작자들이에요."

그는 분노를 삼켜야 했다. 무슨 수를 쓰더라도 치

명적인 반론으로 그녀를 짓밟고 싶었지만, 삶을 통해서 여자가 최후의 말을 할 때는 나머지 모든 말이 불필요하다는 사실을 배웠다. 그래서 두 사람은 그때뿐만 아니라 이후에도 절대 그 일을 다시 입에 올리지 않았다.

5

다음 해 8월 16일 밤은 이미 운명이 예견되어 있었다. 그녀는 섬이 세계 관광 회의로 너저분하고 무질서해졌다는 사실을 알았다. 호텔에는 남은 방이 하나도 없었고, 해변은 텐트와 카라반이 가득 채우고 있었다. 숙박할 수 있는 곳을 두 시간이나 찾은 후, 그녀는 잊고 있던 '세나도르 호텔'로 갔다. 보수가 되어 깨끗해지고 가격도 전보다 비싸졌지만, 예전에 일하던 직원은 한 사람도 없었다.

방을 구해 달라고 도움을 청할 사람이 아무도 없었다. 게다가 점잖은 외모의 손님 하나가 화를 내며 항의하고 있었다. 두 번이나 예약을 확인했는데, 예약자 명단에 자기 이름이 없다는 것이었다. 그는 품위 있는 주임 사제처럼 침착했고, 목소리는 온화하고 점잖았으며, 정중하게 욕하는 재능이 놀라울 정도였다. 접수 데스크의 유일한 직원은 전화로 다른 호텔에 방을 얻어 주려고 애쓰고 있었다. 자기의 화를 함께 나누고 싶었는지, 그 고객은 아나 막달레나에게 고개를 돌렸다. "이 섬은 혼돈 그 자체예요."라고 말했고, 공식 예약 확인증을 보여 주었다. 그녀는 안경 없이는 읽을 수 없었지만, 그의 분노를 이해했다. 마침내 직원은 두 사람의 말을 끊고는 별 두 개지만 깨끗하고 위치도 좋은 호텔에 방이 하나 있다면서, 의기양양하게 승전보를 전해 주었다. 아나 막달레나는 서둘러 말했다.

"내가 묵을 방은 없을까요?"

직원은 전화로 물어보았지만, 방은 없었다. 그때 손님은 왼손으로 자기 가방을 잡고서 다른 손으로는 이상할 정도로 스스럼없이 아나 막달레나의 팔을 잡았는데, 아나로서는 다소 무례하게 느껴지는 행동이었다.

그가 말했다.

"자, 나와 함께 갑시다. 거기서 만나도록 해요."

두 사람은 새 자동차에 탔고, 그는 석호 주변을 따라 운전했다. 그는 세나도르 호텔이 마음에 든다고 말했다. 그러자 그녀가 말했다. "나도 마찬가지예요. 석호 때문이죠. 그런데 지금은 새롭게 단장했더군요."

"이 년 전에 했죠."라고 그가 덧붙였다. 그녀는 그가 섬을 꾸준히 찾아오는 방문객임을 알았고, 자기 역시 몇 년 전부터 그곳에 와서 어머니의 무덤에 글라디올러스를 놓는다고 이야기했다.

"글라디올러스라고요?" 그가 놀라서 물었다. 그 섬에 그 꽃이 있다는 걸 몰랐기 때문이었다. "난 네덜란드에서만 볼 수 있다고 믿었어요."

"그건 튤립이에요." 그녀가 정확하게 알려 주었다.

그러면서 글라디올러스가 아주 흔한 꽃이 아니지만, 누군가가 섬에 그 꽃들을 널리 퍼뜨렸고, 해안 지역과 내륙의 몇몇 마을에서는 걸맞은 명성을 얻게 되었다고 설명했다. 그리고 자기에게는 그것들이 매우 중요하며, 그 꽃들이 사라지는 날이 오면 누군가에게 재배하게 해서 해결할 생각이라고 말을 맺었다.

이슬비가 내리기 시작했지만, 오래 내릴 것 같지는 않았다. 하지만 그는 반대로 8월의 날씨는 항상 변덕스럽다고 생각했다. 그는 여객선을 타기 위해 단출하고 편안한 옷을 입고 있던 그녀를 아래위로 살펴보았고, 묘지에 가려면 무언가가 더 필요할 거라고 생각했다. 그러나 그녀는 자기는 그렇게 입고 가는 게 편하고 익숙하다며 그를 안심시켰다.

호텔에 도착하기 위해 두 사람은 가난한 사람들의 마을이 시작되는 곳까지 석호의 언저리를 따라가야만 했다. 호텔은 형편없었고, 신분증을 요구하지도 않는 싸구려 공간이었다. 그에게 열쇠를 건네주자, 손님은 객실 두 개를 달라고 했다고 분명하게 밝혔다.

그러자 호텔 관리인이 당황하며 말했다.

"죄송합니다. 그런데 함께 오신 게 아닌가요?"

손님은 자연스럽고 상냥하게 말했다.

"내 아내요. 하지만 우리는 따로 자는 위생 습관이 있어요."

그녀는 그의 말에 장단을 맞추었다.

"멀리 떨어질수록 좋아요."

관리인은 침실 침대가 그리 넓지 않다는 사실을 인정했지만, 보조 침대를 설치해 줄 수 있다고 말했다. 그러자 남자 손님의 머리가 잠시 멍해졌는데, 그녀가 그를 그 상태에서 벗어나게 해 주었다. "그이가 얼마나 코를 고는지 듣는다면, 당신도 내게 그런 제안을 하지는 않을 거예요." 관리인은 사과했고, 널빤지 벽에 걸린 열쇠를 살펴보았다. 그사이 그들은 자신들의 장난을 축하했다. 마침내 관리인은 다른 방을 마련해 주었지만, 층이 다르고 석호가 보이지 않는다고 말했다. 하나는 2층이었고, 다른 방은 4층이었다. 그들은 객실 안내원 없이 엘리베이터를 타고 올라갔다. 두 사람의 짐은 손으로 충분히 들 수 있는 것들이었기 때문이다. 그녀는 몹시 고마워하면서 2층 방에 머물렀고, 그토록 점잖고 친절한 남자를 알게 된 사실이 행복했다.

선실을 본뜬 방은 조그마했지만, 세 사람이 누울 만한 크기의 침대가 갖춰져 있었다. 마치 그것이 섬의 상징인 것 같았다. 그녀는 창문을 열어 고여 있던 공기를 순환시켰고, 그제야 비로소 자유로운 8월의 꽃과 석호의 파란 왜가리들이 얼마나 소중하고 필요한지 깨달았다. 비는 계속 내렸지만, 그녀는 잠시라도 비가 그치면 6시 전에 공동묘지에 도착할 수 있으리라고 확신했다.

그리고 실제로 그랬다. 글라디올러스를 찾느라 한 시간 이상을 허비했지만, 성당 앞의 가게에서 살 수 있었다. 공동묘지로 그녀를 태워 가던 택시는 돌투성이의 벼랑길 상태가 좋지 않아서 꼭대기까지 올라가지 못했다. 유일하게 운전사가 수락한 것은 그녀가 돌아

올 때까지 모퉁이에서 기다리는 것이었다. 이내 그녀는 11월 25일이면 자기가 쉰 살이 된다는 것을 깨달았다. 그녀가 가장 두려워하던 나이로, 어머니가 돌아가실 때의 나이보다도 얼마 적지 않았다. 날씨가 개기를 기다리면서 몇 년 전에 보았던 것처럼 자기 모습을 보았고, 어머니 무덤으로 첫 꽃다발을 가져가면서 울었던 것처럼 눈물을 흘렸다. 그런데 그녀의 눈물이 하늘의 언짢은 기분을 달래 주었던 모양이다. 이내 날씨가 갰고, 그녀는 무덤에 꽃을 놓았다.

진흙투성이가 되어, 그리고 언짢은 기분으로 호텔로 돌아왔고, 이미 이번 해는 헛되이 보냈다고 확신했다. 그날 밤 사랑할 사람을 만나기는 불가능해 보였고, 비로 인해 끔찍한 진흙탕으로 변해 버린 비탈길에 자동차를 세울 수도 없었기 때문이다. 바뀐 건 아무것도 없었다. 살수기 없는 샤워기는 낡고 물줄기는 약하기 그지없었다. 가늘고 힘없는 물줄기를 맞으며 비누칠하는 동안, 그녀는 자비를 베풀 남자도 없이 혼자 있는 자기 모습을 보고, 다시 울음을 터뜨렸다. 그러나 굴하지 않았다. 무슨 수를 써서라도 밖으로 나가 늑대가 나올 것 같은 칠흑의 밤이 무엇을 줄지 지켜보기로 했다. 옷을 걸고 책을 테이블에 올려놓았다. 대니얼 디포의 『전염병 일지』였다. 그녀는 누워서 책을 읽으며 시간이 되길 기다렸다. 그러나 모든 게 그녀가 행복해지지 않도록 의도적으로 조정된 것 같았다. 샤워기의 힘없는 물줄기로 인해 그녀는 더욱 비참한 기분에 휩싸였고, 남편에 대한 너무나 격렬하고 차가운 증오의 돌풍에 몸을 떨었으며, 그런 돌풍에 소스라치게 놀랐다. 그 빌어먹을 밤에 혼자 자야만 하는 불행한 운명에 몸을 맡겼다. 그런데 그때 전화벨이 울렸다.

"여보세요." 명랑한 목소리가 말했고, 그녀는 즉시 목소리의 주인공을 알아차렸다. "나는 4층에 있는 친구예요." 그러고는 다른 말투로 덧붙였다. "기다리고 있었어요. 자비의 대답일지라도 말이에요." 그는 오랫동안 말을 하지 않다가 이렇게 물었다.

"꽃을 받지 못했나요?"

그녀는 무슨 말인지 이해하지 못했다. 그런데 질문하려는 순간, 그녀의 눈이 화사한 글라디올러스 한 다발과 마주쳤다. 그건 화장대 옆의 의자에 아무렇게나 놓여 있었다. 남자는 자기 고객과 만난 호텔에서 우연히 그 꽃을 보았고, 당연히 그녀 어머니의 무덤으로 보내기로 마음먹었다고 설명했다. 그녀가 공동묘지에 있는 동안에 있었던 일이라 언제 가져왔는지는 알지 못했지만, 예전부터 그곳에 있었다고 해도 전혀 이상해 보이지 않았다. 그러자 그가 무심결에 물었다.

"저녁 식사는 어디에서 해요?"

"아직 생각해 보지 않았어요." 그녀가 말했다.

그러자 그가 말했다.

"상관없어요. 아래에서 기다릴 테니 생각해 보세요."

그녀는 생각했다.

'또다시 실패한 밤인가? 또 다른 아킬레스와 있는 건가? 그건 아니야.'

그러고서 말했다.

"유감이네요. 오늘 저녁에 약속이 있어요."

그러자 그가 말했다.

"그래요, 유감이네요. 정말 유감입니다."

그녀가 말했다.

"다음 기회가 있겠죠."

그녀는 거울 앞에 앉아 화장했다. 그 비참한 밤에 아킬레스 코로나도와 함께 있었던 장소를 떠올렸지만, 비가 더욱 거세지고 석호에서 바람이 윙윙거리는 소리가 들렸다. 그런데 불현듯 그녀는 자기 자신에게 소리쳤다. "맙소사, 이런 바보 같은 년!"

그녀는 전화기로 달려갔고, 나중에 창피해할 정도로 급하게 4층 방의 남자에게 전화를 걸었다. 그녀가 말했다.

"다행이네요! 방금 비로 약속이 취소되었어요."

그러자 그가 대답했다.

"제가 행운아입니다, 부인."

그녀는 한순간도 머뭇거리지 않았다. 그리고 실수하지 않았다. 정말로 잊지 못할 밤이었기 때문이다.

아나 막달레나 바흐가 상상할 수 있는 것보다 훨씬 더 잊기 어려운 밤이었다. 그녀는 화장하는 데 필요 이상의 시간을 썼고, 남자는 예의를 갖추고 엘리베이터 입구에서 기다렸다. 헐렁한 실크 셔츠와 리넨 바지를 입고 하얀 모카신을 신고 있었다. 그녀는 첫인상에서 그를 매력적으로 느꼈던 것이 틀리지 않았음을 확인했다. 그가 그런 사실을 모르는 것처럼 행동하는 것이 더욱 매력적이었다. 그는 그녀를 관광객의 소굴에서 벗어난 식당으로 데려갔다. 식당은 환하게 불 켜진 커다란 아몬드 나무 아래에 있었고, 악단의 음악은 춤추기보다는 꿈꾸기에 더 좋았다. 그는 아주 당당하게 들어갔고, 직원들은 그가 아주 중요한 고객인 양 깍듯하게 접대했으며, 그 자신은 마치 그런 사람처럼 행동했다. 그의 훌륭한 태도는 그날 밤의 광채로 품위 있게 다듬어져 있었다. 그의 모든 것이 방금 바른 콜로니아 향수를 통해 은은한 향기를 풍겼으며, 두 사람의 대화는 막힘없이 유창하고 재미있었지만, 그녀는 약간 혼란스러운 느낌이었다. 그것은 그가 드러내기 위해서가 아니라 숨기기 위해서 말하는 것처럼 보였기 때문이었다.

그녀는 그가 술을 잘 마시지 못한다는 사실에 놀랐다. 그는 그녀가 평소 마시는 진을 고르도록 기다리고서, 자기에게는 아무 위스키나 갖다 달라고 주문했지만, 밤새 한 모금도 마시지 않았다. 담배를 피우지 않았지만, 금색 종이의 이집트 담뱃갑을 갖고 있었는데, 그건 그저 상대방에게 권하는 용도였다. 그는 식도락에 대해 잘 몰랐고, 그래서 종업원에게 두 사람을 위해 메뉴를 선택해 달라고 했다. 그러나 가장 놀라운 건 이런 모든 한계와 실수에도 불구하고 그의 매력이 조금도 반감되지 않는다는 사실이었다. 그가 두세 번 농담을 했는데, 너무나 단순하고 형편없는 이야기라 그녀는 제대로 이해하지 못했지만 예의상 재미있다며 웃었다.

악단이 춤출 수 있도록 개작한 애런 코플런드[23]의 곡을 연주하자, 그는 그 곡에 별로 관심이 없다면서, 음악에 관해서라면 자기는 귀머거리나 다름없다고 고백했다. 하지만 그녀가 춤추자고 권하자, 용기를 내어 춤을 추었다. 스텝을 제대로 밟지 못했지만, 그녀가 잘 도와준 바람에, 그는 자기가 잘 춘 것 같은 인상을 받을 수 있었다. 디저트 시간이 되었을 때 그녀는 너무나 지겹고 따분해하면서, 디저트라면 사족을 못 쓰는 자기 자신을 마음속으로 욕했고, 종업원이 그녀가 눈 감고도 골랐을 디저트를 싣고 지나가는 것을 보자, 자기 자신에게 더 욕을 퍼부었다. 반면에 그를 초대한 남자는 너무나 점잖고 교양 있어서 춤출 때를 제외하곤 어떤 실수도 하지 않았다. 그녀는 편안했고 제대로 대

23 Aaron Copland(1900~1990). 20세기 미국의 현대 음악 작곡가로, 재즈와 같은 민속 음악을 바탕으로 일반인이 이해하기 쉬운 음악을 썼다.

접받고 있었지만, 미래가 없는 밤이라고 느꼈다.

디저트가 끝나자, 그는 말없이 운전하여 그녀를 호텔로 데려다주었다. 그의 눈은 몽롱한 달 아래에서 잠든 바다를 하염없이 쳐다보고 있었다. 그녀는 그를 방해하지 않았다. 11시 10분이었고, 심지어 호텔 바도 닫혔을 시간이었다. 그녀를 가장 화나게 한 건 자기를 초대한 남자에게 아무것도 비난하거나 질책할 게 없다는 사실이 아니었다. 그의 유일한 결점은 그녀를 유혹하려고 시도조차 하지 않는다는 점이었다. 예의상으로라도 암사자처럼 밝게 빛나는 그녀의 눈에도, 막힘없이 말하는 그녀의 입에도, 음악에 대한 그녀의 지식에도 한 치의 관심을 보이지 않았던 것이었다.

그는 호텔 마당에 주차하고는 그녀와 함께 절대적 침묵을 지키며 엘리베이터를 타고 방문 앞까지 데려다주었다. 그녀가 열쇠를 잘못 돌렸다. 그러자 그가 열쇠를 빼앗더니 손가락 끝으로 열쇠를 잡아 문을 열고는 마치 자기 집에 온 사람처럼, 초대도 받지 않고 들어가도 괜찮은지 허락도 구하지 않고 방으로 들어왔다. 그리고 침대에 벌렁 드러누워 영혼에서 우러나오는 한숨을 쉬었다.

"오늘 밤은 내 인생 최고의 밤이에요!"

아나 막달레나는 너무나 놀라 무엇을 해야 할지 모른 채 돌처럼 굳어 있었다. 그런데 그가 말없이 손을 내밀었다. 그녀는 자기 손을 주었고, 그의 옆에 누우면서 쿵쿵거리는 심장 박동에 기겁했다. 그러자 그는 그녀에게 천진난만하게 키스하면서, 그녀의 영혼까지 전율시켰다. 그는 멈추지 않고 키스하면서 손가락을 매혹적으로 움직여 그녀의 옷을 하나씩 벗겼고, 그렇게 둘은 행복의 심연에 빠져들었다.

아나 막달레나는 새벽의 어둠 속에서 눈을 떴지만, 자기 자신이 어떻게 했는지 까마득히 잊고 있었다. 그녀는 자기가 어디에 있는지, 누구와 있는지 알지 못했지만, 온몸에 실오라기 하나 걸치지 않은 남자가 자기 옆에 있는 것을 보고서야 비로소 기억을 떠올릴 수 있었다. 남자는 드러누워 잠들어 있었는데, 팔을 가슴에 십자 형태로 올려놓고 요람에 누운 아이처럼 숨을 쉬고 있었다. 그녀는 야외의 햇빛과 비바람으로 거칠어진 피부의 곱슬곱슬한 털을 가느다란 집게손가락으로 어루만졌다. 젊은 몸은 아니었지만, 잘 관리된 몸이었다. 그는 눈을 뜨지 않고서 그녀의 애무를 즐겼고, 지난밤에 그랬던 것처럼 상황을 잘 통제했다. 그러나 사랑을 하면서 그 통제력은 엉망이 되고 말았다.

갑자기 그가 물었다.

"이제 진지하게 묻겠어요. 이름이 뭐죠?"

그녀는 즉석에서 만들었다.

"페르페투아예요."

"소에게 짓밟혀 죽은 가련한 성녀군요." 그가 즉시 대답했다.

그녀는 깜짝 놀라 그걸 어떻게 아느냐고 물었다.

"난 주교거든요." 그가 말했다.

그녀는 갑자기 나타난 죽음의 섬광에 몸을 떨었다. 그리고 즉시 저녁 식사와 점잖은 대화, 그의 정형화된 취미와 기호를 점검했지만, 그의 대답이 진실임을 의심하게 만드는 어떤 것도 찾지 못했다. 그뿐만이 아니었다. 그건 저녁 식사하는 동안에 그에 대해 생각했던 것을 그대로 확인해 주는 말이기도 했다. 그녀가 놀라서 넋을 놓고 있는 걸 깨닫고서 그는 눈을 뜨더니 궁금한 표정으로 물었다.

"우리에 대해 못마땅하게 생각하는 게 있나요?"

"누구에 대해서 말하는 거죠?"

"주교들이요."

그는 자기가 던진 농담의 효과를 보더니 환한 표정으로 크게 웃었지만, 그것이 매우 어리석고 분별없으며 무례한 말임을 재빨리 깨닫고는, 기나긴 참회의 키스로 그녀의 몸을 뒤덮었다. 아마도 속죄로서 현재의 자기 삶에 관한 이야기를 들려준 것 같았다. 그는 여러 일을 했고, 일정한 주거지가 없었다. 그의 기본적인 직업은 퀴라소에 본부가 있는 회사의 해상 보험을 판매하는 것이었고, 그래서 일 년에 여러 번 그 섬을 방문해야 했다. 처음에는 그가 너무나 설득력 있게 말해서 그녀는 자기가 졌다고 느꼈고, 이제는 같은 날 밤에 세 번이나 행복해지기에는 너무 늦었다는 확신에 압도되었다.

"여객선을 놓치겠어요." 그녀가 말했다.

"그런 건 상관하지 말아요. 우리 함께 내일 가도록 해요." 그가 말했다.

그는 아주 멋진 날을 보내자고 제안했고, 미래에는 훨씬 더 멋진 날을 보내게 해 주겠다고 했다. 그러면서 일 년에 적어도 두 번은 섬으로 와야만 하는데, 그중 한 번은 항상 8월이 될 거라고 설명했다. 그녀는 간절한 마음으로 그의 말을 들으면서 사실일 수도 있다고 생각했지만, 그가 자기를 쉬운 여자로 볼지 모른다는 생각에 그렇게 보이지 않으려고 애썼다. 그런데 갑자기 그녀는 정말로 여객선을 놓칠 수도 있는 순간이라는 것을 깨닫고는, 침대에서 뛰어내렸고, 황급히 키스하면서 작별했다. 그러나 그는 그녀의 손목을 움켜잡았다.

그는 뜻을 굽히지 않고 재차 고집했다.

"그럼, 언제 만날 수 있죠?"

"이제 다시는 만나지 못할 거예요." 그녀가 말하면서 기분 좋게 말을 맺었다. "이건 하느님의 법이에요."

그녀는 까치발을 하고 욕실로 달려갔다. 그는 옷을 입으면서도 수많은 약속 목록을 나열하며 그녀에 대한 집착을 버리지 못했지만, 그녀는 그런 약속을 듣지도 않고 욕실 문을 잠가 버렸다. 겨우 샤워기를 틀었을 때, 그는 욕실 문을 두드려 다시 작별 인사를 했다.

"여기 책에 기념품을 하나 남겨 둡니다." 그가 말했다.

그녀는 치명타를 맞은 듯 불길한 예감에 휩싸였다. 용기를 내어 감사를 표하지도 못했고, 불길한 답을 들을 수 있다는 공포에 사로잡혀 무엇을 남겨 두느냐고 감히 묻지도 못했지만, 이내 그가 나가는 소리를 듣자, 비누칠을 한 채 벌거벗고 달려 나와 나이트테이블에 있는 책을 살펴보았다. 정말 다행이었다! 그건 다시 만날 수 있도록 모든 자료가 담긴 명함이었다. 그녀는 그 명함을 찢지 않았다. 함부로 할 수도 있었지만, 안전한 장소에 가져갈 때까지 있던 곳에 그대로 두었다.

6

카리브해의 8월에 흔히 볼 수 있는 전형적인 수요일이었다. 바다는 잔잔했고 부드러운 산들바람이 불어와 갈매기들은 낮게 날아다녔다. 아나 막달레나 바흐는 컴포트 의자의 바퀴를 굴려 여객선 난간으로 갔고, 명함을 끼워 놓은 대니얼 디포 소설의 페이지를 펼쳤지만, 정신을 집중할 수 없었다. 전날 밤의 남자가 남겨 둔 실제 자료에는 특별히 관심을 끌 만한 게 없었다. 이름과 네덜란드 국적, 퀴라소에 본사를 둔 기술 지원 회사의 여섯 자리 전화번호와 그 회사의 주소가 적혀 있을 뿐이었다. 그녀는 여러 번 명함을 읽으면서, 행복했던 밤의 유령을 실제 삶에서 상상하려고 애썼다. 그러나 첫 번째 남자와 만났을 때부터 의심을 살 만한 최소한의 흔적도 남기지 않으려고 조심했고, 그래서 명함을 잘게 찢어서 갈매기의 협력자인 산들바람에 뿌려서 날려 버렸다.

집으로 돌아오면서 그녀는 많은 것을 깨달았다. 오후 5시에 집에 들어서는 순간부터 식구들이 자기를 이상하게 느끼고 있다는 걸 알게 되었다. 딸은 수녀원 생활을 받아들이면서, 원래 자기 방식대로 행동했고, 가족과 함께 식탁에 앉는 횟수도 점점 뜸해지고 있었다. 아들은 금방 끝나는 하루살이 연애를 즐기며 이 나라 저 나라에서 공연하느라 자유 시간이 거의 없었다. 남편은 자기 일에 미친 사람이고, 동시에 한시도 쉬지 않는 집요한 바람둥이였기에, 결국 그녀의 침대에 어쩌다 한 번 들르는 손님이 되고 말았다. 반면에 그녀에게 가장 이상한 역설은 그녀가 몇 번의 밤에 아주 우연히 만났던 남자들 속에 확실한 사람이 없어 어떻게 섬에 대한 환상이 사라지는지를 확인하게 되었다는 것이었다. 그러나 그녀의 가장 커다란 걱정과 불안은 남편이 부정을 저질렀을지도 모른다는 것이 아니라, 몇 번 안 되는 밤에 그녀가 섬에서 무엇을 했는지 알아챘을지도 모른다는 점이었다. 그런 이유로 그녀는 자기가 해마다 여행하는 것에 대해 거의 아무 말도 하지 않았는데, 그것은 혹시라도 남편이 함께 가려고 생각할지도 몰라서가 아니라, 남자의 의심을 불러

일으키지 않기 위해서였다. 남자는 의심을 쉽게 하지 않지만, 할 때는 아주 정확하기 때문이다.

바람을 피우거나 의심할 시간도 없고 기회도 없었던 평범하고 단조로운 기간이었고, 그녀는 아주 철저하게 자신의 월경 주기를 계산하여 습관적인 사랑을 나누었다. 함께 도시를 떠나 여행할 때면, 그녀는 예기치 못한 경우를 대비해 손가방에 항상 피임 기구를 챙겼다. 그러나 이번에는 가슴에서 통증이 느껴졌다. 그가 사랑의 증거를 가지고 집에 왔는데, 그 증거들이 너무나 괘씸하고 터무니없어서 갑자기 그해에 할 만한 의심뿐만 아니라, 그 이전부터 쌓여 있던 모든 의심을 부추겼다. 그녀는 남편을 감시했고, 심지어 주머니의 솔기까지 살펴보았으며, 처음으로 그가 침대에 놔둔 입었던 옷 냄새를 맡았다. 하지만 5월 이후 지난해의 남자를 꿈꾸게 되자 영혼까지 마구 흔들렸고, 너무나 보고 싶어 숨도 제대로 쉴 수 없었다. 그녀는 그의 명함을 찢어 버렸던 시간을 다시 한번 저주했고, 섬에서만이라도 그가 없이는 행복할 수 없다고 느꼈다. 그녀의 불안과 초조함이 너무나 분명해서 남편이 단도직입적으로 이렇게 말할 정도였다. "당신에게 무슨 일이 있군.”

두려움으로 새벽까지 잠 못 이루는 경우가 허다했다. 그녀는 자신이 첫 번째 여행 이후 얼마나 많이 변했는지 모르는 것 같았다. 그녀는 섬에서 함께 밤을 보낸 공범자와 우연히 만날 수도 있다는 위험을 한 번도 생각해 보지 않았다. 그런데 어느 불운한 밤에 그녀의 학교 친구였던 아킬레스 코로나도가 결혼식 저녁 피로연에서 술을 과하게 마시는 바람에 예의 없이 몇몇 암시적인 말을 했고, 같은 테이블에 있는 네 명 이상의 동료들은 크게 무리 없이 그 말의 의미를 알아들었다. 한편, 어느 점심시간에 세 여자 친구와 도시의 가장 유명하고 품격 있는 식당에서 점심을 먹던 그녀는 또 다른 테이블에서 쉬지 않고 작은 소리로 대화를 나누던 두 남자 중 한 사람을 알고 있다고 생각했다. 그들 앞에는 브랜디 병이 놓여 있었고, 술잔은 반쯤 차 있었으며, 단둘이 다른 삶 속에 있는 것처럼 보였다. 그녀가 정면으로 바라보던 남자는 위아래로 흰 리넨 양복을 입고 있었다. 하나의 흠도 없이 완벽하고 멋지게 입고 있었고, 머리카락은 희끗희끗했으며, 수염은 낭만적으로 끝이 뾰족하게 마무리되어 있었다.

갑자기 처음 보았을 때부터 그를 알고 있다는 인상을 받았다. 누구인지, 그리고 전에 어디서 보았는지 기억하려고 애썼지만, 기억해 낼 수 없었다. 한 번 이상 여자 친구들과 나누던 즐거운 대화의 실마리를 놓쳤고, 그래서 그들 중의 하나는 궁금증을 참지 못하고 옆 테이블의 누구 때문에 마음을 졸이느냐고 물었다.

그러자 그녀가 속삭였다.

“아랍인 수염 남자. 누구와 비슷해 보이는데 무슨 이유인지 모르겠어.”

모두가 주의 깊게 쳐다보았다. “나쁘지는 않은데.” 라고 별 관심 없이 한 친구가 말했고, 그들은 다시 수다를 이어 나갔다. 그러나 아나 막달레나는 계속해서 걱정과 불안에 휩싸여 그날 밤 잠을 이룰 수 없었다. 새벽 3시에 잠에서 깼고 심장이 조이는 느낌을 받았다. 남편이 깼지만, 이미 그때는 그녀가 다시 제대로 숨을 쉴 수 있었고, 그에게 가짜 악몽뿐만 아니라 신혼 초에 실제로 그녀를 잠에서 깨웠던 수많은 끔찍한 악몽을 다시 떠올려 이야기해 주었다. 처음으로 그녀는 도시에서는, 즉 일 년 내내 보다 쉽게 교제할 기회가 매일 있는 그곳에서는 왜 섬에서처럼 그럴 엄두를 내지 못하는 것인지 자기 자신에게 물었다. 적어도 다섯 명의 여자 친구는 몸이 허락하는 곳까지 애인과 은밀한 사랑을 나누면서 동시에 안정적인 결혼 생활을 유지했다. 그러나 도시에서는 섬에서처럼 흥분되고 적절한 상황을 전혀 상상할 수 없었다. 그건 돌아가신 어머니의 짓궂은 장난이라고밖에 이해할 수 없었다.

몇 주가 지나도록 그녀는 자기를 마음 편하게 살도록 놔두지 않는 그 남자를 만나고 싶은 유혹을 견딜 수 없었다. 그녀는 사람들이 가장 많이 찾는 시간에 식당에 들렀으며, 그때마다 몇몇 허풍쟁이 친구들을 끌고 가서 자신의 고독한 방랑을 오해하지 못하게 했고, 그렇게 자기 남자를 만나고자 하는 열망 혹은 두려움을 갖고 찾아다니던 도중에 만난 수많은 남자와 맞서는 데 익숙해졌다. 그러나 자기가 찾는 남자의 신원이 섬광탄처럼 기억 속에서 폭발하도록 하는 데는 그 어떤 도움도 필요하지 않았다. 그는 섬에서 그녀와 밤을 보낸 첫 번째 남자로, 바로 사랑의 밤을 지낸 대가로 책 속에 수치스러운 20달러를 넣어 둔 남자였다. 그제야 비로소 그녀는 아마도 섬에서는 수염을 하고 다니지 않았지만, 도시에서는 턱수염과 콧수염을 길러서 알아볼 수 없었을지도 모른다고 생각했다. 그녀는 그를 다시 보았던 식당을 열심히 드나들었다. 그리고 항상 20달러 지폐를 가지고 다니면서, 만나면 그의 얼굴에 던져 버리려고 했지만, 자기가 어떻게 행동해야 할지 갈수록 확신이 서지 않았다. 분노할수록 그 남자에 대한 나쁜 기억과 그 섬에서의 불행에 점점 관심이 없어졌기 때문이었다.

그러나 8월이 되자, 있는 힘을 다해 계속해서 그녀 자신이 되어야 한다고 느꼈다. 여객선 여행은 평소처럼 그녀에게는 영원하게 느껴졌고, 그토록 꿈꾸었던 바로 그 섬은 더 시끄럽고 요란하며 가난하게 보였다. 그리고 지난해 그녀를 같은 호텔로 데려다주었던 택시는 좁은 골짜기로 굴러떨어질 뻔했다. 그녀는 자기가 행복해했던 방이 비어 있는 것을 알았고, 관리인은 즉시 그녀와 함께 있었던 손님을 떠올렸지만, 서류 보관함에서 그의 흔적을 찾지는 못했다. 그녀는 둘이 함께 있었던 다른 장소들을 애타게 돌아다녔고, 그녀의 밤을 달래 줄 만한 온갖 외로운 남자들을 보았지만, 누구도 그녀가 마음을 죄며 찾던 남자를 대신할 만하지 않았다. 그래서 지난해에 사용했던 호텔의 같은 방을 달라고 했고, 갑자기 비가 내릴지도 모른다는 두려움에 즉시 서둘러 묘지로 갔다.

조바심을 간신히 참고 한 걸음 한 걸음 옮기면서, 어머니와의 만남까지 해마다 반복되는 일상을 고통 없이 빠르게 마치려고 했다. 매년 조금씩 늙어 가는 평소의 꽃 장수는 처음에 그녀를 다른 사람과 혼동했고, 평소처럼 화사한 글라디올러스 한 다발을 만들어 주었지만, 정말로 내키지 않는 듯한 표정이었고, 평소 가격의 거의 두 배를 받았다.

어머니의 무덤 앞에서 그녀는 일종의 감동과 충격을 받았다. 예사롭지 않게 땅이 약간 올라와 있었는데, 그건 비를 맞아 썩은 꽃 때문이었다. 그녀는 누가 꽃을 갖다 놓았는지 상상할 수 없었고, 그래서 아무런 악의 없이 묘지 관리원에게 물었다. 관리원은 그녀처럼 순수한 마음으로 대답했다.

"항상 오시는 분이 갖다 놨어요."

그녀가 더욱 당황한 것은 관리원이 그 미지의 방문객이 누구인지 전혀 모른다고 말한 것이었다. 그 방문객은 아무 날이나 와서 가난한 사람들의 묘지에서는 절대로 볼 수 없는 그 화사한 꽃으로 그녀 어머니의 무덤을 완전히 뒤덮었다. 그러면서 묘지 관리원은 너무나 비싼 꽃을 너무나 많이 갖다 놓아서 자연 광택의 흔적이 조금이라도 남아 있으면 무덤에서 그 꽃들을 치우는 게 너무나 가슴 아팠다고 말했다. 관리원은 그를 근사한 삶을 산 예순 살가량의 남자로 묘사하면서, 머리카락은 눈을 맞은 듯이 백발이고, 상원의원처럼 콧수염이 있으며, 지팡이는 우산이 되어 비가 오는 동안 그가 무덤 앞에서 계속 생각에 잠기게 해 주었다고 설명했다. 관리원은 그 남자에게 아무것도 묻지 않았고, 그가 얼마나 귀한 꽃을 많이 가져왔는지, 그가 얼마나 많은 팁을 주었는지 아무에게도 말하지 않았다. 또한 그녀가 묘지를 찾아왔던 지난 몇 년 동안도 그녀에게 말하지 않았는데, 그것은 마술 우산의 신사가 가족 중의 한 사람이라고 확신했기 때문이었다.

그녀는 궁금증을 참았고, 관리원에게 팁을 두둑하게 쥐여 주면서 폭탄이 터지듯 갑작스럽게 떠오른 생각에 압도되었다. 그것은 아마도 어머니가 사업을 핑계로 섬으로 자주 여행을 떠난 비밀을 단번에 설명해 줄 수도 있었다. 사실 무슨 사업인지 분명히 아는 사람은 없었고, 어쩌면 사업 같은 건 존재하지 않았을 지도 몰랐다.

묘지에서 나왔을 때, 아나 막달레나 바흐는 이미 다른 여자가 되어 있었다. 몸을 떨고 있었고, 그 떨림을 억누를 수 없었기에 운전사는 그녀가 택시에 올라타는 걸 도와주어야만 했다. 그제야 비로소 자기 어머니가 매년 섬으로 세 번, 심지어 네 번까지 방문한 비밀과 낯선 땅에서 자기가 나쁜 병에 걸려 죽고 있다는 사실을 깨닫고 그곳에 자기를 묻어 달라고 결정한 이유를 추측할 수 있었다. 그제야 비로소 딸은 어머니가 세상을 떠나기 육 년 전에 자기가 여행했던 바로 그 열정을 가지고 여행했음을 알 수 있었다. 그녀는 어머니의 여행 이유가 자기와 같았을 거라고 생각했다. 슬픈 느낌은 아니었다. 오히려 자기 삶의 기적은 죽은 어머니의 삶을 계속하는 것이었음을 불현듯 깨닫자, 기분이 아주 좋았다.

그날 저녁의 감정에 압도되어, 아나 막달레나 바흐는 멍한 상태로 정처 없이 가난한 사람들이 사는 변두리 동네로 갔고, 자기도 모르게 어느 떠돌이 마법사의 천막에 들어갔다. 그 마법사는 관객 중의 누군가가 말없이 기억하고 있는 유명 대중가요의 멜로디를 자기 색소폰으로 알아맞힐 수 있었다. 평소 같으면 절대로 그런 알아맞히기에 끼어들지 않았겠지만, 그날 밤은 아나 막달레나도 장난삼아 자기 인생의 남자가 어디에 있는지 물었다. 마법사는 정확하면서도 모호하게 대답했다.

“당신이 원하는 것처럼 아주 가까이 있지도 않고, 당신이 생각하듯이 멀리 있지도 않소.”

그녀는 매무새를 다듬지도 않고 사기가 땅에 떨어진 모습으로 호텔로 돌아갔다. 야외 테라스에는 젊은 손님들이 가득했다. 그들은 젊은 악단의 음악에 맞춰 거리낌 없이 춤추었고, 그녀는 젊은 세대의 기쁨을 함께 나누고 싶은 유혹을 견딜 수 없었다. 빈 테이블이 없었지만, 지난 몇 년간 그녀를 보아 왔던 종업원이 얼굴을 알아보고서 급히 테이블 하나를 마련해 주었다.

1부의 춤 시간이 끝나자, 규모가 더 큰 악단이 드뷔시의 「달빛」을 볼레로로 편곡하여 연주를 시작했고, 어느 훌륭하고 멋지고 까무잡잡한 여자가 사랑을 듬뿍 담아 그 노래를 불렀다. 감격에 차서 아나 막달레나는 얼음을 넣은 진토닉을 주문했다. 그것이 오십 년 동안 계속 마셔 온 유일한 술이었다.

그날 밤의 즐거운 분위기와 반대되는 것처럼 보인 사람들은 옆 테이블에 앉은 커플뿐이었다. 남자는 젊고 매력적이었고, 여자는 아마도 연상 같았는데, 눈부시게 멋지고 도도했다. 두 사람은 최대한 참으면서 싸우고 있는 게 분명했다. 서로가 사납고 모진 비난을 주고받았지만, 파티의 굉음 속에서 그들의 말은 제대로 들리지 않았다. 음악이 잠시 쉬는 동안은 옆 테이블에서 듣지 못하도록 그들도 격렬한 말다툼을 멈추었지만, 다음 곡이 시작하면 더 맹렬하게 싸움을 재개했다. 그 누구도 서로에게 관심을 보이지 않는 세상에서 그런 싸움은 너무나 일상적인 일이었고, 아나 막달레나는 심지어 서커스의 일화 같은 것에도 관심이 없었다. 그러나 여자가 연극배우처럼 점잖고 근엄하게 테이블에 있는 술잔을 부수자, 그녀는 심장이 멎는 것 같았다. 그러더니 여자는 아름답고 도도하게 아무도 쳐다보지 않은 채 무대를 가로질렀고, 행복에 젖은 수많은 커플은 그녀가 지나가도록 길을 터 주었다. 아나 막달레나는 싸움이 끝난 걸 알았지만, 신중한 태도를 유지하며 남자를 쳐다보지 않았다. 남자는 자기 자리에 대담하게 그대로 있었다.

호텔 공식 밴드가 젊은이들을 위한 무대를 끝내자, 더 큰 규모의 밴드가 향수에 젖게 하는 「시보네이」를 시작했고, 아나 막달레나는 진토닉과 뒤섞여 음악의 마법에 끌려갔다. 갑자기 악단이 쉬는 동안, 우연히 옆 테이블의 버려진 남자와 시선이 마주쳤다. 그녀는 그의 눈을 피하지 않았다. 그는 고개를 약간 숙여 인사로 대응했고, 그녀는 머나먼 십 대 시절에나 접했던 새로운 사건을 경험하고 있다고 느꼈다. 아마도 처음일 것 같은 이상한 전율에 순간적으로 앞이 보이지 않았고, 남은 진토닉이 그녀에게 용기를 주었지만, 그 용기는 그녀에게 어울리지 않는 것이라 끝까지 유지할 수 없었다. 그가 먼저 말했다.

"그 남자는 개자식입니다."

그녀는 깜짝 놀랐다.

"어떤 남자 말이죠?"

그가 대답했다.

"당신을 기다리게 하는 남자 말입니다."

그가 마치 그녀의 마음을 보는 것처럼 말한다고 생각하자, 심장이 뒤틀리듯 기분이 상했고, 그래서 정면을 바라보며 비웃는 것임을 강조하고는 친근한 말투로 말했다.

"내가 방금 본 바에 따르면, 퇴짜 맞은 사람은 당신인데요."

그는 그녀가 방금 자기를 혼자 두고 간 여자와 있었던 일을 언급한다는 것을 알았다. "우리는 항상 그렇게 끝나지만, 분노는 오래가지 않아요."라고 말했다. 그리고 계속 말을 이어 이렇게 매듭지었다. "반면에 당신은 혼자 있을 이유가 없어요." 그녀는 씁쓸한 시선으로 그를 감쌌다. 그리고 말했다.

"내 나이가 되면 모든 여자는 혼자예요."

그는 다시 기운을 차리면서 말했다.

"그 말은 오늘 밤이 나한테는 행운의 밤이라는 뜻이군요."

그는 술잔을 들고 자리에서 일어났고, 아무런 말도 없이 그녀 테이블에 앉았으며, 그녀는 너무나 슬프고 외롭던 참이라 남자가 앉도록 두었다. 그는 그녀가 좋아하는 진토닉 한 잔을 그녀를 위해 주문했고, 그녀는 잠시 자신의 슬픔을 잊었으며, 고독했던 다른 밤에 그랬던 것과 똑같은 여자가 되었다. 그리고 다시 한번 마지막 남자의 명함을 찢어 버렸던 그 시간을 저주했고, 그날 밤 단 한 시간만이라도 그가 있었으면, 그렇지 않으면 행복해질 수 없으리라고 느꼈다. 그래서 시간이나 보내려는 마음으로 춤을 추었는데, 남자는 너무도 근사한 춤솜씨로 그녀의 기분을 좋게 해 주었다.

왈츠 타임이 끝나고 두 사람이 테이블로 돌아오자, 그녀는 자기 방 열쇠가 없다는 것을 깨닫고 손가방과 테이블 아래를 뒤졌다. 그는 마술사 흉내를 내면서 열쇠 하나를 꺼냈고, 룰렛에서처럼 방 번호를 불렀다.

"333호, 행운의 숫자네요!"

옆 테이블에 앉은 사람들이 고개를 돌려 그들을 쳐다보았다. 그녀는 저속한 장난을 참지 못했고, 아주 근엄한 표정으로 한 손을 내밀었다. 그는 자기 실수를 깨닫고서 열쇠를 돌려주었다. 그녀는 말없이 열쇠를 받아 들고 테이블을 떠났다.

그러자 그가 어쩔 줄 몰라 하며 애처롭게 그녀를 따라왔다.

"적어도 당신을 데려다주도록 허락해 줘요. 오늘 같은 밤에는 누구도 혼자 있으면 안 돼요."

아마도 그는 자리에서 벌떡 일어난 것 같았다. 작

별 인사를 하기 위해서였겠지만, 어쩌면 그녀를 데려다주기 위해서였을 수도 있다. 아마 그도 자신을 몰랐을 테지만, 그녀는 그의 목적을 짐작할 수 있다고 생각했다. "그럴 필요 없어요."라고 그에게 말했다. 그는 침울해 보였다.

그녀가 다시 말했다.

"걱정하지 말아요. 내 아들도 일곱 살 때는 똑같이 했을 거예요."

그녀는 단호하게 떠났지만, 엘리베이터에 도착하기도 전에 행복이 가장 필요한 밤에 행복을 얕본 것은 아닌지 스스로에게 질문했다. 그녀는 불을 끄지 않고 잠들었고, 잠자는 동안 침실에 남아서 잠을 자야 할 것인지, 아니면 결연한 정신으로 호텔 바로 돌아가서 자신의 운명과 마주할 것인지 고심했다. 암담한 밤에 자주 꾸는 악몽이 그녀의 마음을 어지럽히기 시작할 때, 살며시 문 두드리는 소리에 잠에서 깨어났다. 불은 아직 켜져 있었고, 그녀는 침대에 엎드려 있었으며, 자기도 모르게 벗어 두었던 옷을 입고 있었다. 그런 자세로 그대로 있으면서, 누구인지 물어보지 않으려고 눈물에 흠뻑 젖은 베개를 물어뜯었다. 마침내 문을 두드리던 사람이 더는 두드리지 않았다. 그러자 옷을 갈아입지도 않고 불을 끄지도 않고서 침대에 편안히 누웠고, 다시 잠들면서 자기 자신에게 화가 나서 눈물을 흘렸다. 남자들의 세계에서 여자가 되는 건 치욕이었기 때문이었다.

네 시간도 자지 못했을 때, 8시에 떠나는 여객선을 놓치지 않도록 접수 데스크에서 잠을 깨웠다. 그녀는 벌떡 자리에서 일어났다. 섬에서 밤에 제대로 잠을 이루지 못해 제때 일어나지 못했던 것이다. 그러나 묘지 관리원을 두 시간이나 기다려서야 어머니 유해를 이장하는 절차를 알 수 있었다. 점심때가 지나 그 일이 제대로 끝날 것을 확신하고서, 남편에게 전화를 걸어 여객선을 놓쳤지만, 저녁때는 틀림없이 가겠다고 거짓말했다.

묘지 관리인과 무덤 파는 용역 인부는 관을 파냈고, 장터의 마법사 같은 기술로 한 치의 동정심도 없이 무자비하게 관을 열었다. 아나 막달레나는 전신 거울을 볼 때처럼 열린 관에서 자기 자신을 보았다. 미소는 얼어붙어 있었고, 양팔은 가슴에 십자로 놓여 있었다. 그녀는 그날 자기와 같은 나이에 자기와 똑같이 생긴 얼굴을 보았다. 어머니는 마지막 숨을 쉬면서 준비해 둔 것처럼, 결혼할 때 썼던 면사포와 화관을 쓰고, 붉은 에메랄드가 박힌 머리띠에 결혼반지를 끼고 있었다. 그녀는 위로할 수 없는 슬픔을 지녔던 살아 있을 때의 어머니를 보았을 뿐만 아니라, 무덤에서 어머니가 자기를 쳐다보고, 딸에 대한 사랑으로 운다고 느꼈다. 하지만 마침내 시신은 부서져 마지막 먼지가 되었고, 벌레 먹은 골격만이 남았다. 무덤 파는 용역 인부들은 빗자루로 골분(骨粉)을 쓸어서 유골 자루에 아무렇게나 담았다.

두 시간 후 아나 막달레나는 자신의 과거에 마지막 동정의 눈길을 보냈고, 하룻밤을 함께 보낸 미지의 남자들과 그녀 자신이 남겼고 섬에 흩어져 있는 수많은 불확실한 시간에게 작별을 고했다. 바다는 저녁의 태양 아래 자리한 황금빛 물웅덩이였다. 6시에 남편은 그녀가 아무렇지도 않게 유골 자루를 질질 끌고 집으로 들어오는 것을 보자 놀라움을 금치 못했다. "이게 우리 어머니에게서 남은 거예요."라고 그녀는 남편에게 선수를 쳤다.

"놀라지 말아요. 어머니는 모든 걸 이해하세요. 그

정도가 아니라 어머니는 섬에 묻히기로 마음먹었을 때 이미 유일하게 모든 걸 이해한 분이에요."

부록

편집자의 말·영인본 네 페이지·작품 해설

1999년 3월 18일 가브리엘 가르시아 마르케스의 독자들은 행복한 소식을 접했습니다. 콜롬비아의 노벨 문학상 수상 작가가, 아나 막달레나 바흐가 여주인공으로 등장하는 다섯 편의 독립적인 이야기로 구성된 새로운 책을 작업하고 있다는 소식이었습니다. 이 독점 기사를 쓴 기자 로사 모라는 사흘 후에 일간신문《엘 파이스》에 작가와의 인터뷰를 게재하면서, 이 소설의 첫 번째 이야기 「8월에 만나요」를 실었습니다. 가르시아 마르케스는 이 작품을 며칠 전에 마드리드에 있는 '아메리카의 집'에서 낭독했는데, 거기서 그는 마찬가지로 노벨 문학상을 받은 주제 사라마구와 함께 라틴아메리카 창작의 힘에 대한 포럼에 참가했습니다. 그는 발표문을 읽는 대신, 독자가 지금 손에 들고 있는 소설의 1장 초교를 읽음으로써 관객을 놀라게 했습니다. 그 기사에서 로사 모라는 이렇게 덧붙였습니다. "「8월에 만나요」는 150페이지 분량의 또 다른 세 편의 소설을 포함할 책 일부가 될 것이다. 가보는 실질적으로 이미 써 놓은 상태이며, 거기에는 네 번째 소설이 포함될 가능성이 있다. 그는 멋진 생각이 떠올라 자신을 사로잡았다고 설명했다. 그 소설에 실릴 작품들의 공통점은 나이 먹은 사람들의 사랑 이야기를 다룰 거라는 사실이다."

몇 년 후 행운의 여신이 내 운명을 가르시아 마르케스와 만나게 해 주었습니다. 그는 십 대 시절부터 내가 좋아하는 작가 중 하나였습니다. 후안 룰포, 호르헤 루이스 보르헤스와 훌리오 코르타사르의 작품과 더불어 나는 열렬하게 그의 작품을 읽었고, 그래서 대서양을 건너 오스틴에 있는 텍사스 대학에서 라틴아메리카 문학 박사 과정을 밟았습니다. 2001년 8월, 나는 바르셀로나로 돌아와 랜덤 하우스 몬다도리 출판사의 편집자로 일하고 있었습니다. 그때 카르멘 발셀스가 내게 전화를 걸어 자기 사무실에서 만나자고 했습니다. 여름의 그 기간에 저작권 사무실은 거의 텅 비어 있었습니다. 나는 전화로 가르시아 마르케스와 통화했습니다. 그는 자기 회고록을 담당할 편집자가 필요하다고 했습니다. 평소에 그의 작품을 담당하던 편집자는 내 친한 친구 클라우디오 로페스 데 라마드리드였는데, 그는 휴가 중이었습니다. 그렇게 나는 콜롬비아 작가와 함께 온 힘을 다해 일하기 시작했습니다. 그의 회고록 『이야기하기 위해 살다』의 최종본 작업이었습니다. 나는 전자우편이나 팩스로 조금씩 도착하는 원고를 교정했고, 내 주석이나 의견을 달아서 다시 보냈는데, 그건 주로 자료 확인과 검증으로 이루어져 있었습니다. 프란츠 카프카의 『변신』은 가보의 소설 세계를 바꾼 작품이었는데 내가 아르헨티나 번역본은 표지에 보르헤스를 번역자라고 적어 놓았지만, 실제로 보르헤스가 번역한 것이 아니라고 알려 주자, 그는 매우 고마워했습니다. 그는 질병에서 회복차 로스앤젤레스에 머물고 있었지만, 장거리로 진행되는 출판 작업을 통해 나는 작가가 얼마나 세심하게 작업하는지 지켜볼 수 있었습니다. '보고타 폭력 사태'를 다룬 부분을 다시 쓰는 작업부터 제목에서 한 글자를 훌륭하게 바꾸어 다른 작가와 생길 수 있는 문제를 피하는 것까지 모두 지켜보았습니다. 예기치 않은 우연으로 나는 바르셀로나의 어느 식당에서 그의 아내 메르세데스 바르차와 함께 그를 개인적으로 만날 수 있었지만, 작가와 편집자로서의 우리 관계는 2008년이 되어서야 재개됩니다.

2003년 로스앤젤레스에서 오랜 기간 체류한 다음, 가브리엘 가르시아 마르케스와 메르세데스 바르차는 멕시코시티의 집으로 돌아옵니다. 그리고 거기서 얼마 전에 고용된 개인 비서 모니카 알론소가 그들을 맞이합니다. 그녀의 증언은 『8월에 만나요』의 창작 연대기를 재구성하는 데 매우 중요합니다. 모니카 알론소에 따르면, 2002년 6월 9일에 작가는 회고록의 마지막 교정본 점검을 마쳤는데, 편집자 안토니오 볼리바르가 이 작업을 많이 도와주었습니다. 책상에서 인도한 책의 여러 교정본과 각주를 깨끗이 치운 바로 그날, 그는 자기 어머니가 세상을 떠났다는 소식을 들었습니다. 이런 알 수 없는 우연과 더불어 그의 회고록 첫 대목을 시작하는 "어머니가 집을 팔러 가는 데 함께 가자고 했다."라는 단계가 마무리된 것입니다. 이제 작가에게는 절박하게 처리해야 할 일이 없었습니다. 그런데 그때 그의 서재 서랍들을 살펴보던 모니카가 폴더 하나를 발견했는데, 거기에는 원고 두 개가 들어 있었습니다. 한 편의 제목은 '그녀'였고, 다른 한 편은 '8월에 만나요'였습니다. 2002년 8월부터 2003년 7월까지 가르시아 마르케스는 '그녀'를 강도 높게 작업합니다. 이 작품의 제목은 '내 슬픈 창녀들의 추억'으로 바뀌어 2004년에 출간되었습니다. 이 작품은 그가 생전에 발표한 마지막 소설이 될 것 같았습니다.

그러나 2003년 5월에 『8월에 만나요』의 또 다른 일부가 발표되었습니다. 이 일은 가르시아 마르케스가 마지막 소설 창작 계획을 계속 진행하고 있다는 것을 공개적으로 선언한 것처럼 보였습니다. 『8월에 만나요』의 3장은 '월식의 밤'이라는 제목을 달고 미간행 단편 소설로 콜롬비아에서 발간되는 시사 월간지 《캄비오》의 2003년 5월 19일 자에 실렸고, 며칠 후 스페인의 일간지 《엘 파이스》에 게재되었습니다. 모니카 알론소에 따르면, 2003년 7월부터 작가는 강도 높게 소설 원고 작업을 재개합니다. 그렇게 2004년까지 초기의 몇몇 초고본과 로스앤젤레스에서 가져왔던 판본 이외에 일련번호가 매겨진 다섯 개의 판본까지 축적합니다. 날짜가 기재된 이 모든 판본은 오스틴에 있는 텍사스 대학교의 해리 랜섬 센터가 보관하고 있는 작가의 서류 사이에 있습니다.

다섯 번째 판본에 이르자, 그는 소설 작업을 멈추었고, 원고 한 부를 자신의 에이전트인 카르멘 발셀스에게 보냈습니다. "때때로 책은 무르익도록 놔둬야 해."라고 그는 모니카 알론소에게 솔직하게 비밀을 털어놓았습니다. 그즈음 중요한 행사가 그를 기다리고 있었습니다. 『백년의 고독』 출간 사십 주년을 축하하기 위해 스페인어 왕립 학술원이 기념판을 출간할 예정이었고, 그 준비 작업으로 그는 눈코 뜰 새 없이 바빴습니다. 2007년 3월 26일에 콜롬비아의 카르타헤나에서 열린 스페인어 국제회의 개막식 참석은 그가 대중과 만난 마지막 공개 행사 중의 하나일 것입니다.

2008년 3월에 나는 이제 멕시코에 정착하여 랜덤 하우스 몬다도리의 주간으로 일하고 있었습니다. 나는 카르멘 발셀스의 부탁을 받아 편집자로서 가르시아 마르케스와 다시 관계를 맺었습니다. 그와 함께 작업하여 그가 공식 석상에서 읽은 글을 모아 책으로 만들어 달라는 것이었습니다. 이 책은 이 년 후에 『나는 여기에 연설하러 오지 않았다』로 출간됩니다. 나는 그의 서재를 자주 방문했습니다. 적어도 한 달에

한 번은 그렇게 했습니다. 그러면서 그 책에서 다뤄지는 작품들과 작가들, 그리고 주제들에 대해 오랫동안 대화를 나누었습니다.

2010년 여름에 카르멘 발셀스는 바르셀로나에서 내게 가르시아 마르케스에게 미출간 소설이 한 편 있는데, 그는 그것을 어떻게 마무리해야 될지 모르고 있다면서, 용기와 격려를 아끼지 말고 그 작품을 끝내게 하라고 부탁했습니다. 그리고 그 소설은 중년의 여인을 다루고 있으며, 그녀는 어머니가 묻힌 섬을 찾아가고, 거기서 평생의 사랑을 만나게 된다고 미리 말해 주었습니다. 멕시코로 돌아오자 가장 먼저 가보를 찾아가 소설에 관해 묻고, 그의 에이전트가 한 말을 그대로 털어놓았습니다. 가보는 즐거워하며 내게 그 소설의 여주인공이 찾는 건 평생의 사랑이 아니라, 섬을 방문할 때마다 찾는 다른 애인이라고 털어놓았습니다. 그리고 이미 결말 부분을 마무리했다는 것을 내게 확인시켜 주려고 모니카에게 마지막 판본을 가져오라고 부탁했습니다. 그건 항상 그의 원고를 철해 놓는 독일제 로이텀 폴더에 들어 있었습니다. 그러고는 마지막 문단을 읽어 주었는데, 아주 멋지게 들렸습니다.

그는 진행 중인 자기 작업을 웬만하면 보여 주지 않는 사람이었지만, 몇 달 후 내게 자기 옆에서 큰 소리로 처음 세 장을 읽게 해 주었습니다. 나는 절대적으로 훌륭한 솜씨로 그의 예전 작품에서는 접근하지 않았던 독창적인 주제를 다루고 있다는 인상을 받았고, 언젠가 그의 독자들이 그 이야기를 함께 나눌 수 있으리라는 희망을 품었습니다.

이제 그의 기억력은 마지막 판본의 모든 조각과 수정 사항을 제대로 맞추고 끼워 넣을 수 없었지만, 작품 검토와 수정은 당시 그가 서재에서 자기가 가장 좋아하는 일을 하면서 시간을 보내는 최고의 방법이었습니다. 그는 형용사 하나를 여기에 놓자고 제안하거나 사소한 단어 하나를 저쪽으로 바꿔 놓자고 말하기도 했습니다. 2004년 7월 5일이라고 적힌 다섯 번째 교정본의 첫 페이지에는 이렇게 적어 놓았습니다. "최종 완전 OK. 그녀에 관한 자료 2장. 요주의: 아마도 마지막 장/ 그게 더 나을까?" 분명히 그는 그렇게 원했고, 거기서 모니카와 함께 예전 판본에 적어 놓은 몇 가지 의견을 완전히 바꾸기로 했습니다. 동시에 모니카는 디지털 판본을 계속 보관하고 있었는데, 거기에는 또 다르게 선택할 수 있는 것들, 혹은 작가가 이전에 고려했던 장면이 함께 들어 있었습니다. 이 두 문서가 바로 이 판본의 토대입니다.

작가와 편집자의 관계는 존경에 바탕을 둔 믿음의 계약입니다. 가브리엘 가르시아 마르케스와 함께 작업하는 특권은 끊임없이 겸손을 실천하는 행위였습니다. 내 경우에는 그가 사용한 말에 바탕을 두는 것이었습니다. 그런데 그때 카르멘이 전화로 나를 바꿔 달라고 했고, 그렇게 이 작품에 관해 처음으로 대화를 나누었습니다. "난 당신이 가능한 한 최대로 비판적이길 원해요. 마지막 마침표를 찍으면, 더는 아무것도 수정하지 않을 거거든요." 이 판본에서 내 작업은 위대한 화가의 캔버스 앞에 있는 복원 전문가의 일과 같았습니다. 모니카 알론소가 보관하고 있는 디지털 문서에서 출발하여, 그가 마지막 기간에 다른 판본에서 행했던 세세한 수정을 바꿔 버린 다섯 번째 판본, 즉 그가 최종이라고 여기던 판본과 대조하면서, 나는 그가 손으로 적어 놓은 각각의 주석과 모니카 알론소에게 구술한 주석, 그리고 바뀌거나 제거된 모든 단어와 구절을 비롯해 종이 여백에 무엇을 선택할지 적어 놓은 것까지 모두 점검했고, 그렇게 하여 이 마지막 판본에 넣을 것인지를 결정했습니다. 편집자의 작업은 책을 바꾸는 게 아니라, 이미 쓰여 있는 것을 더 뛰어나게 만드는 것이고, 그것이 바로 편집자로서 내 작업의 본질이었습니다. 이 작업은 여러 가지 중에서 음악가나 인용한 작가들의 이름부터 그가 원고 여백에 계획한 것처럼 여주인공의 나이가 논리적이고 앞뒤가 맞는지까지 자료를 확인하고 수정하는 일이 포함되어 있습니다.

나는 『8월에 만나요』의 독자들이 내가 이 작품을 읽으면서 수십 번 느꼈던 존경심과 놀라움을 함께 나누길 바랍니다. 나는 이 작품을 읽으면서 내 어깨 너머로 가르시아 마르케스의 존재를 느꼈습니다. 모니카가 어느 날 우리가 함께 그의 연설문 책의 교정본을 수정하고 있을 때 찍어 준 사진처럼 말입니다.

나를 굳게 신뢰해 준 로드리고 가르시아 바르차와 곤살로 가르시아 바르차에게 감사드립니다. 그들은 8월의 어느 날 내게 전화를 걸어 『8월에 만나요』를 출간하기로 했다는 사실을 알려 주면서, 내게 그 작품의 편집자가 되어 달라고 부탁했습니다. 이 작품을 만드는 전 과정에서 그들의 격려와 믿음은 내가 평생 해 왔던 편집 작업 중에서 가장 큰 보상이었습니다. 메르세데스 바르차는 어느 날 자기 집 대문 외에도 서재의 문을 활짝 열기로 했고, 나는 마지막 몇 달 동안 항상 그곳에서 그녀에 대한 기억을 떨쳐 버릴 수 없었습니다. 모니카 알론소는 작가에게 변함없이 충실하고 책임감 있었으며, 그래서 이 작품이 우리의 손에 오게 하는 데 가장 중요한 역할을 했습니다. 많은 시간을 내게 바쳐서 이 소설의 이야기를 재구성하도록 해 준 데 대해 깊이 감사드립니다. 또한 작가의 기록과 자료들이 보관된 텍사스 대학교의 해리 랜, 카산드라 첸, 엘리자베스 가버, 그리고 알레한드라 마르티네스는 이 소설의 원고를 디지털로 다시 제작해 주었는데, 그건 이 책을 성공적으로 출판하는 데 결정적인 도움을 주었습니다. 또 뛰어난 편집자이자 친구인 게리 피스키천에게 고마움을 전하고 싶습니다. 편집자로서 생각이 꽉 막혔을 때 나는 그와 대화를 나누면서 빠져나올 수 있었습니다. 그의 경험은 내게 안내자와 같았습니다. 이 책이 출판되는 걸 보고 매우 좋아했을, 보고 싶은 우리의 편집 주간 소니 메흐타도 계속 그런

안내자가 되어 주었습니다. 그리고 내 아내 엘리자베스와 우리 아이들 니콜라스와 발레리에게 특별히 고맙다고 말하고 싶습니다. 그들은 내가 이 소설을 들고 오랫동안 다락방에 틀어박혀 있던 시간에도 나를 전적으로 지지해 주었습니다. 마지막으로 가르시아 마르케스에게 심심한 사의를 표합니다. 그는 자기에게 다가오는 사람 누구에게나 인간적이고 순박하며 다정하게 대해 주었습니다. 그들은 작가가 신이라고 생각했겠지만, 그는 미소를 지음으로써 자기가 사람이라는 사실을 보여 주었습니다. 최근 몇 달 동안 그에 대한 기억은 나를 여기까지 도착하게 만든 가장 큰 동기였습니다.

2023년 2월

크리스토발 페라

이어서 『8월에 만나요』의 '수정 5교'로 표시된 폴더에 담긴 원고 중에서 네 페이지를 영인본으로 소개한다. 이 폴더는 가르시아 마르케스의 비서인 모니카 알론소가 정리하고 분류한 것이다. 그녀는 또한 워드프로세서로 작성한 문서를 보관하고 있었는데, 바로 거기서 다양한 판본이 드러났다. 마지막 몇 년 동안, 그러니까 소설의 전반적인 내용을 더는 작업할 수 없게 되자, 가르시아 마르케스는 다른 여러 판본의 세세한 사항을 수정하고 의견을 제시하며 바꾸었고, 이것들은 그가 '최종 완전 OK'라고 표시한 이 수정본에 통합 정리되어 있다.

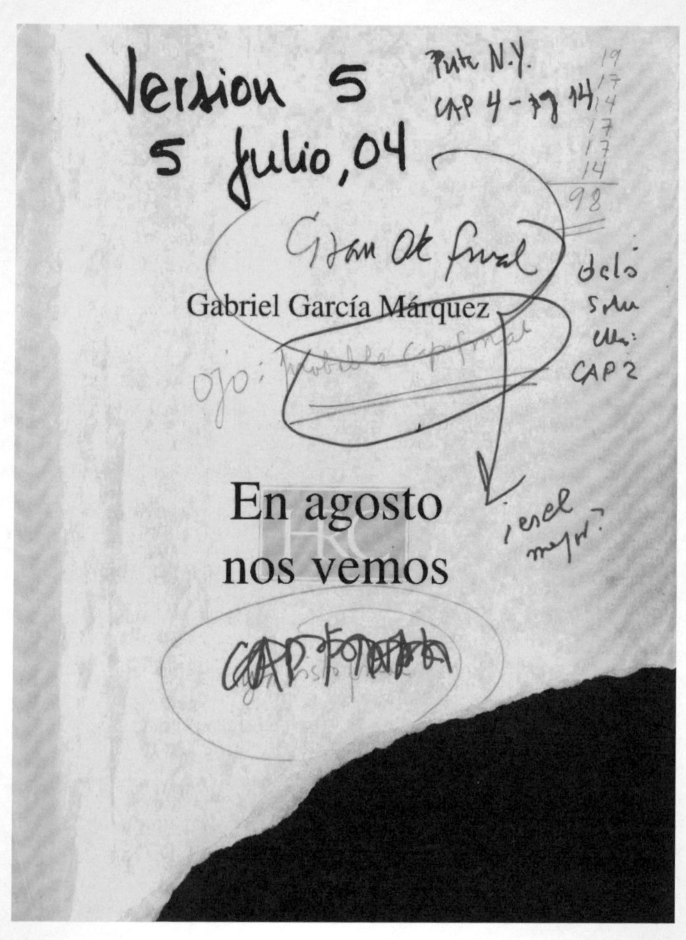

수정 5교 표지: '수정 5교'라고 표시된 폴더의 첫 페이지. 마지막 몇 년 동안 가르시아 마르케스는 이 교정본보다 앞선 여러 교정본에 적어 놓았던 메모나 주석을 통합하고 정리했다. 첫 페이지에 '최종 완전 OK'라는 말이 있지만, 아직 불완전한 부분들이 포함되어 있었다. 그의 비서 모니카 알론소가 워드 프로세서로 작성해서 보관한 판본에서는 이런 것들이 수정되었다.

V. Cap 1 3

3

vísperas de la tercera edad. Se estiró las mejillas hacia atrás con los cantos de las manos para acordarse de cómo había sido de joven. Pasó por alto las arrugas del cuello, que no tenían remedio, y se revisó los dientes perfectos y recién cepillados después del almuerzo en el transbordador. Se frotó con el pomo del desodorante las axilas bien afeitadas y se puso la camisa de algodón fresco con las inciales AMB bordadas a mano en el bolsillo. Se cepilló el cabello indio, largo hasta los hombros, y se amarró la cola de caballo con la pañoleta de pájaros. Para terminar se suavizó los labios con el lápiz labial de vaselina simple, se humedeció los índices en la lengua para alisarse las cejas encontradas, se dio un toque de *Maderas de Oriente* detrás de cada oreja, y se enfrentó por fin al espejo con su rostro de madre otoñal. La piel sin un rastro de cosméticos tenía el color y la textura de la melaza, y los ojos de topacio eran hermosos con oscuros párpados portugueses. Se trituró a fondo, se juzgó sin piedad, y se encontró casi tan bien como se sentía. Sólo cuando se puso el anillo y el reloj se dio cuenta de su retraso: faltaban seis para las cuatro, pero se concedió un minuto de nostalgia para contemplar las garzas que planeaban inmóviles en el vapor ardiente de la laguna. Los nubarrones negros del lado del

수정 5교 3페이지: 이 페이지에서는 가르시아 마르케스가 나중에 자기 글을 읽으면서 표시해 놓은 수정 부호들을 볼 수 있다. 첫째 줄에 주인공을 “60대가 임박한”(en vísperas de la tercera edad)이라고 적어 놓은 말에는 의문 부호가 붙어 있지만, 최종본에서는 사라진다. 아나 막달레나 바흐가 마흔여섯 살이기 때문이다. 또 다른 사소한 수정은 워드 프로세서로 작성한 판본에서 볼 수 있다.

10

mayores de cuando el hotel era el único. Una niña mulata cantaba boleros de moda y el mismo Agustín Romero, ya viejo y ciego, la acompañaba bien en el mismo piano de media cola de la fiesta inaugural.

Terminó de prisa, tratando de sobreponerse a la humillación de comer sola, pero se sintió bien con la música, que era suave y sedante, y la niña sabía cantar. Cuando terminó sólo quedaban tres parejas en mesas dispersas, y justo frente a ella un hombre distinto que no había visto entrar. Vestía de lino blanco, con el cabello metálico y el bigote romántico terminado en puntas. Tenía en la mesa una botella de brandy y una copa a la mitad, y parecía estar solo en el mundo.

El piano inició el *Claro de Luna* de Debussy en un aventurado arreglo para bolero, y la niña mulata la cantó con amor. Conmovida, Ana Magdalena pidió una ginebra con hielo y soda, el único alcohol que se permitía y sobrellevaba bien. Había aprendido a disfrutarla con su esposo, un alegre bebedor social que la trataba con la cortesía y la complicidad de un amante escondido. El mundo cambió desde el primer sorbo. Se sintió bien, pícara, alegre, capaz de todo y embellecida por la mezcla sagrada de la música con la ginebra.

수정 5교 10페이지: “수염은 낭만적으로 끝이 뾰족하게 마무리되어”라는 말은 최종본에서 삭제된다. 6장에서 주인공은 자기가 사는 도시에서 바로 그 남자를 만나지만, 섬에서는 수염을 기르지 않고 있었기에 그를 알아보는 데 다소 시간이 걸린다. 최종본에서는 이렇게 말한다. “그제야 비로소 그녀는 아마도 섬에서는 수염을 하고 다니지 않았지만, 도시에서는 턱수염과 콧수염을 길러서 알아볼 수 없었을지도 모른다고 생각했다.” (126~127쪽)

18

penumbras. Él roncaba entonces con un silbido tenue. Por simple travesura, ella empezó a toquetearlo con la punta de los dedos. Él dejó de roncar con un sobresalto abrupto y empezó a revivir. Ella lo abandonó por un instante y se quitó de un tirón la camisola de noche. Pero cuando volvió a él fueron inútiles sus artes, pues se dio cuenta de que se hacía el dormido para no complacerla por tercera vez. Así que volvió a ponerse la camisola, y se durmió a fondo de espaldas a él.

Su horario natural la despertó a las seis. Yació un instante divagando con los ojos cerrados, sin atreverse a admitir el latido de dolor de sus sienes, ni la náusea helada, ni el desasosiego por algo ignoto que la esperaba en la vida real. Por el ruido del ventilador se dio cuenta de que había vuelto la luz y la alcoba era ya visible en el alba verde de la laguna. De pronto, como el rayo de la muerte, la fulminó la conciencia brutal de que había fornicado y dormido por la primera vez en su vida con un hombre que no era el suyo. Se volvió a mirarlo asustada por encima del hombro, y no estaba. Tampoco estaba en el baño. Encendió las luces generales, y vio que no estaba la ropa de él, y en cambio la suya, que había tirado por el suelo, estaba doblada y puesta casi con amor en la silla. Hasta entonces no se había dado

수정 5교 18페이지: 이 페이지에서는 가르시아 마르케스의 비서 모니카 알론소가 직접 손으로 교정한 것을 볼 수 있다. 이런 것은 여러 곳에서 나타나는데, 여기서 그녀는 '뜨거운'("뜨거운 어둠" (34쪽))과 같은 형용사를 덧붙인다. 일상적으로 함께 작업할 때면, 그녀가 작품을 읽어 주고 가르시아 마르케스는 바꿀 것을 적어 달라고 부탁하곤 했다. 동시에 다른 것들도 수정되거나 교체되어 워드 프로세서 판본에 기록되었다. 대표적인 것이 형용사 '부드러운'(tenue)에 대한 의문이었는데, 이것은 거기서 결국 '쉬지 않고'라는 말로 교체된다.

작품 해설

『8월에 만나요』의 중요성과 출간에 얽힌 또 다른 이야기들

1

올해는 가브리엘 가르시아 마르케스가 세상을 떠난 지 십 년이 되는 해다. 그는 2014년 4월에 세상을 떠나면서 『8월에 만나요』를 미출간 상태로 남겼다. 십사 년 넘게 쓰고 아홉 번 넘게 수정하는 작업을 반복했지만, 가르시아 마르케스는 만족스럽지 않다는 이유로 이 작품의 출간을 허락하지 않았다. 그런데 작가가 세상을 떠나고 며칠 지나지도 않았는데, 수많은 언론은 그 소설의 출간 여부에 많은 관심을 보였다.

세상을 떠나면서 많은 작가는 미출간 원고를 남긴다. 이런 원고는 작가가 죽은 후에 작가의 뜻에 따라, 혹은 작가의 뜻과 전혀 상관없이 수정되어 출간되기도 한다. 혹은 작가가 '미완성'이라고 판단하여 출간하지 않는 원고가 있을 수 있는데, 이 경우 영원히 빛을 못 볼 수도 있다. 하지만 반드시 작가의 뜻에 따르는 것이 좋은 것은 아니며, 오히려 다른 사람들의 견해를 따르는 게 좋은 결과를 낳는 경우도 많다는 것을 문학사는 잘 보여 준다. 『8월에 만나요』가 어떻게 빛을 보게 되었으며, 가르시아 마르케스의 아들들은 어떤 결정을 내렸는지는 이 작품의 「프롤로그」와 「편집자의 말」에 잘 나타나 있다. 그러나 이 소설의 출간에 얽힌 이야기는 그것이 전부가 아니다. 여기서는 이 소설과 관련된 일화를 알아보고, 이 작품의 중요성을 살펴보고자 한다.

콜롬비아의 소설가 후안 가브리엘 바스케스는 2009년 6월 12일 자 콜롬비아 신문 《엘 에스펙타도르》의 칼럼에서 소설가이자 시인인 윌리엄 오스피나가 중요한 사실을 알려 주었다고 밝혔다. 그것은 가르시아 마르케스가 세 편의 짧은 소설을 쓰고자 했지만, 『내 슬픈 창녀들의 추억』만 마무리할 수 있었고, 나머지 두 작품을 쓸 시간이 없을 것이라는 소식이었다. 그러면서 바스케스는 가르시아 마르케스의 짧은 소설을 기대할 수 없다는 사실이 갈수록 분명해지고 있고, 그래서 몹시 아쉽다고 덧붙였다.

아마도 바스케스의 이런 슬픔과 절망은 당시 몇몇 외신이 전한 소식에 근거하는 것 같았다. 외신에 따르면, 가르시아 마르케스의 저작권 대행인인 카르멘 발셀스는 "가르시아 마르케스가 다시는 글을 쓰지 못할 것"이라고 믿었으며, 가르시아 마르케스의 전기 작가 제럴드 마틴도 그 의견에 공감했다. 하지만 그런 소식들이 그가 새로운 소설을 더는 출간할 수 없다는 것을 의미하지는 않았다. 가르시아 마르케스와 가까운 소식통에 따르면, 『8월에 만나요』라는 제목의 미출간 소설이 있었기 때문이다. 제럴드 마틴 역시 그 소설의 존재는 부인하지 않았지만, 가르시아 마르케스가 그 소설을 자기 명성에 걸맞은 작품이라고 여길지는 불확실하다고 말했다.

사실 가르시아 마르케스는 이 소설의 존재를 이미 2008년 8월에 밝혔다. 콜롬비아 시사주간지 《세마나》에 따르면, 멕시코에서 열린 문학 행사에서 그는 '연애 소설'을 쓰고 있다고 밝혔다. 이 주간지는 가르시아 마르케스가 이 소설에 만족하지 못했고, 그래서 네 번이나 고쳐 쓰고서 이제는 다섯 번째 수정본을 작성하기 시작했으며, 곧 "출판이 가능할" 것이라고 말했다. 실제로 가르시아 마르케스의 독자들은 콜롬비아 시사 주간지 《캄비오》의 1999년 4월호에 표제작이자 이 작품의 1장이 발표된 이후, 이 소설에 대한 소식을 접하고서 간절히 기다리고 있었다. 당시 이 잡지는 다른 네 장과 함께 150페이지 정도의 소설이 될 것이며 제목은 '8월에 만나요'가 될 것이고, 주인공은 아나 막달레나 바흐라는 중년의 여인이라고 밝혔다.

이 작품에 대한 소식은 잠시 잠잠하더니 2011년 말에 다시 흘러나왔다. 가르시아 마르케스의 독자에게는 좋은 소식이었다. 랜덤 하우스 몬다도리(현재의 펭귄 랜덤 하우스)의 편집인인 크리스토발 페라가 밝힌 바에 따르면, 가르시아 마르케스는 그 소설을 아주 열심히 작업하고 있었다. 하지만 장애물이 하나 있었는데, 그건 작중 인물 중의 하나이며, 아직도 그를 어떻게 해야 할지 확신하지 못하고 있다고 알리면서, 가르시아 마르케스가 곧 이 작품을 탈고할 것이라고 자신했다. 그래서 그의 독자들은 다시 초조한 마음으로 그 작품을 기다리기 시작했다.

그러나 가르시아 마르케스가 정신적인 문제로 인해 단 한 줄도 새로 쓸 수 없고 수정할 수도 없다는 소식은 갈수록 널리 퍼졌다. 그의 기억력은 심각하게 손상된 상태였다. 독자들도 모든 기대와 희망을 접을 수밖에 없었다. 그리고 2014년 4월 17일에 가르시아 마르케스는 멕시코시티에서 유명을 달리했다. 장례식이 치러지는 동안, 언론은 『8월에 만나요』 출판 여부를 최대의 화제로 삼았는데, 특히 크리스토발 페라에게 질문이 집중됐다. 페라는 원고가 충분히 출판할 수 있는 상태라고 말했지만, 정말로 출판될지는 알지 못한다고 분명하게 밝혔다. 그건 가르시아 마르케스의 가족이 어떻게 결정하느냐에 달려 있기 때문이었다.

그런데 2014년 5월 31일에 바랑키야에서 가브리엘 가르시아 마르케스 재단 이사장인 하이메 아베요는 메르세데스 바르차의 결정에 따라 『8월에 만나요』는 출간되지 않을 것이라고 공개적으로 밝혔다. 그러면서 그는 메르세데스가 가르시아 마르케스의 의사를 존중해야 한다고 주장했다고 전했다. 하이메 아베요 역시 가족에게 시간을 주어 차분한 상태에서 어떻게 해야 할 것인지 결정하게 해야 한다는 의견이었다.

2

작품의 출간 여부를 결정하는 사람은 작가다. 살아 있을 때뿐만 아니라 죽어서도 그 권리는 존중되어야 한다. 가르시아 마르케스는 이 소설의 출간을 '유보'한 것일까, 아니면 절대 안 된다고 '금지'한 것일까? 가르시아 마르케스는 생의 마지막에 이르러 이 소설의 출간 결정에 좀 더 유연한 태도를 보였다고 한다. 그런 상황에서 메르세데스 바르차의 결정은 언제까지 유효할까? 가르시아 마르케스가 세상을 떠나고 육 년 후인 2020년에 메르세데스도 세상을 떠났다. 그녀는 생전에 이 작품의 출간을 단호하게 반대했지만, 이제 상속권자는 아들인 로드리고와 곤살로였다. 게다가 가르시아 마르케스는 생전에 『백년의 고독』을 영화나 드라마로 제작하는 걸 그토록 반대했지만, 상속권자들은 그 작품의 촬영을 승인했다. 그러니 작가의 뜻에 어긋난다는 이유로 『8월에 만나요』의 출간을 반대하는 건 설득력이 떨어지지 않을까?

그러자 위대한 작가들의 미출간된 유고작이나 미완성 작품을 출판하는 것이 적절한 행위인지를 두고 다시 논란이 불붙었다. 이 논쟁은 작가의 뜻을 거스르고 미출간 유고작을 출판하는 것이 옳은가에 관한 질문으로 요약된다. 질적으로 작가의 기준에 부합하지 않아서건, 아니면 완전히 마무리되지 않아서건, 죽은 작가의 뜻은 반드시 지켜져야 할까? 프란츠 카프카의 경우, 친구이자 유언 집행자인 막스 브로트가 체코 작가의 요구를 어기고 원고를 불태우지 않았기 때문에 우리가 읽게 되었다는 건 널리 알려진 사실이다.

세상을 떠난 유명 작가의 유고작을 출간한다는 건 일종의 문학적 사건이다. 위대한 작가들의 유고작의 출간이 결정되면, 그 결정이 작가의 작품 세계를 더욱 풍부하게 만들기 때문인지, 아니면 상속인들의 경제적 문제 때문인지에 대해 의문이 생기기 마련이다. 가르시아 마르케스의 이 소설에 관해서도 의견은 두 개로 갈린다. 몇몇은 가르시아 마르케스의 문학 세계를 더욱 다양한 시각으로 바라보는 데 일조한다고 지적한다. 한편 로드리고와 곤살로 가르시아 바르차는 경제적 문제로 출간한다는 비판을 의식해서인지는 몰라도 이 책의 서문에 이렇게 쓴다.

『8월에 만나요』는 온갖 역경에 맞서 창작을 이어가려는 마지막 노력의 결실입니다. ……아버지가 세상을 떠나고 십 년쯤 지난 후, 우리는 원고를 다시 읽으면서 이 작품이 아주 재미있고 유쾌한 그의 훌륭한 점을 수없이 많이 포함하고 있다는 것을 깨달았습니다. ……즉, 이야기를 만들어 내는 능력, 시적인 언어, 매력적인 문체, 인간에 대한 이해, 그리고 경험과 불행, 특히 사랑과 관련된 모든 것에 대한 애착 등을 고스란히 맛볼 수 있습니다.

콜롬비아 비평가이자 소설가인 콘라도 술루아가는 "자기가 만든 것을 다른 사람에게 깨뜨려 달라고 하는 것은 자존심, 관용과 허영의 타다 남은 불꽃이 있기 때문이다. 그는 다른 사람이 그렇게 하지 않으리라는 걸 잘 알고 있다."라면서 작가의 뜻을 거스르면서 출간을 결정할 수 있는 이유를 설명한다. 웬디 미첼도 이런 입장을 지지하는데, 그녀 역시 가르시아 마르케스처럼 치매에 걸렸지만, 그런 상태에서도 이 질환에 대한 세 권의 책을 쓸 수 있었다. 미첼은 《더 가디언》의 칼럼에서 이렇게 말한다. "콜롬비아 작가는 마지막 작품을 출간하고자 하지 않았지만, 두 아들의 결정은 나 같은 작가에게는 매우 고무적이다. ……치매를 앓으면서도 그의 문학적 능력이 감소했는지 아닌지에 대한 단서를 제공할 수 있다. 틀림없이 치매는 그의 재능을 없애지 않았다. 우리는 각자 재능이 있고, 질병에 걸리더라도 그걸 하루아침에 갑자기 잃어버리지 않는다. 나는 가르시아 마르케스가 왜 계속 글을 썼는지 완전하게 이해한다."

그러나 스페인의 소설가 하비에르 마리아스는 작가의 뜻과 작가가 요구하는 질적인 수준을 존중해야만 한다고 주장한다. 그러면서 살아 있을 때 출간하지 않았다면 무언가 이유가 있었을 테지만, 작가의 연구자들과 독자들이 더 많이 알고 싶어 하는 마음도 이해한다고 덧붙였다. 그리고 살만 루슈디도 이 소설을 출판하는 것이야말로 가르시아 마르케스에 대한 배신이라면서, 출간을 반대했다. "가르시아 마르케스는 출간을 원치 않았다. 그는 치매를 앓는 동안 썼고, 나는 그 작품이 서점에 진열될 것이 심히 걱정된다. 그건 텍사스 대학교에 내가 널리 알리기를 원치 않는 몇몇 괴롭고 쓰라린 원고가 있기 때문이다."

3

구스타보 아랑고는 20편이 넘는 작품을 출간한 소설가이며 전 세계의 가르시아 마르케스 연구자들이 가장 널리 인용하는 학자이자 편집자이다. 그는 가르시아 마르케스가 세상을 떠난 후, 이 소설에 관해 많은 말이 있었고, 그래서 처음에는 출판되는 게 너무나 당연하다고 생각했다. 그러고서 이 소설이 미완성이며, 그의 가족이 출간하지 않기로 했음을 알았다. 그는 2002년 5월에 가르시아 마르케스에 관해 영어로 쓴 『가브리엘 가르시아 마르케스의 삶과 작품에 관한 관점들: 카리브해의 음유 시인』을 마무리하면서, 오스틴에 있는 텍사스 대학교의 해리 랜섬 센터를 방문하기로 했다. 이 소설은 센터 안에서만 읽을 수 있으며 사진 촬영을 허락하지 않는다는 특별한 조건 아래서 대출되었다.

그는 『8월에 만나요』의 가장 큰 매력은 여러 개의 초고가 있는 것이라고 말한다. 맨 처음에 작성한 것부터 가장 최근에 작성한 것까지 존재한다. 아주 세심하게 작업한 판본이 여러 개 있다는 사실은 가르시아 마르케스의 마지막 노력이자 가장 힘들게 작업한 소설임을 시사한다. 거기서 구스타보 아랑고는 단숨에 『8월에 만나요』를 읽어 버렸고, 그 소설이 미완성이라는 말은 사실이 아님을 알았다.

작가와 편집자의 경험을 통해 구스타보 아랑고는 약간 수정만 하면 출판할 수 있는 상태임을 알았다. 그리고 그는 소설 원고와 함께 보관된 카르멘 발셀스 저작권사의 한 직원이 작성한 평가서를 발견했고, 그 불리한 평가서가 그동안 『8월에 만나요』를 출간하지 못하게 만든 원인임을 직감했다. 그러자 구스타보 아랑고는 이 작품이 출판되도록 그 문제를 부각하고자 노력했다. 그는 멕시코의 일간지 《엘 우니베르살》의 문화 부록인 「엘 콘파불라리오」에 그 작품을 옹호하는 글을 썼고, 콜롬비아 카라콜 방송의 「독서 클럽」이란 프로그램에 출연하여 이 소설이 출간되어야 하는 이유를 다시 한번 역설했다. 그리고 얼마 후 그는 가르시아 마르케스의 두 아들이 이 소설의 출판을 재고하고 있음을 알게 되었고, 2024년 3월에 작가의 생일을 맞아 출간될 것이라는 소식을 접하면서, 자기가 벌인 출간 운동이 결실을 보았다는 것을 알았다.

텍사스 대학교에 있는 해리 랜섬 센터의 기록 보관소에는 이 소설의 질을 의문시하는 출판 검토서가 있다. 이 검토자의 견해가 가르시아 마르케스 가족이 이 소설을 출간하지 않겠다고 마음을 굳히게 만드는 데 결정적인 역할을 했다고 익히 추측해 볼 수 있다. 아랑고는 암 치료를 받고 알츠하이머병을 앓으면서도 마지막 힘을 다해 작품을 쓰려고 분투하는 한 남자의 노력을 참작하고 고려해야 한다고 지적했다. 그러면서 이 마지막 소설은 그의 작품 중에서 유일하게 여성이 주인공이라는 점을 강조하면서, 그의 작품 세계를 마무리하는 매우 훌륭하고 가치 있는 작품이라고 주장했다.

그런데 출판 평가서에는 무슨 말이 적혀 있었던 것일까? 경험 부족을 드러내듯이 그 검토자는 이 작품을 형편없이 요약하는 것에 그친다. 하지만 위대한 작가의 작품을 완전히 무시하거나 경멸할 수 없다는 것을 의식한 듯, 아나 막달레나가 매년 8월 16일에 정기적으로 불륜을 저지르지만, 남편과 행복한 관계를 유지한다는 사실을 아주 미묘하게 언급하면서, 가르시아 마르케스의 문체를 마지못해 칭찬한다. 그리고 여주인공이 죄책감으로 자기 비밀을 드러내는 장면에서 에드거 앨런 포의 단편 소설 「배반의 심장」의 메아리가 있다고 지적한다. 하지만 반복적이고 긴장도가 떨어지는 작품이라고 결론 내리면서 출간 가능성을 일축한다. 그의 편협함은 『8월에 만나요』가 『내 슬픈 창녀들의 추억』보다 떨어지는 작품이라고 평하면서 절정에 달한다.

솔직하게 말하자면, 『내 슬픈 창녀들의 추억』이나 『8월에 만나요』가 가르시아 마르케스의 대표작 수준에 있다고 말하기는 힘들다. 그것들을 『백년의 고독』이나 『족장의 가을』 혹은 『콜레라 시대의 사랑』과 견줄 수는 없다. 그러나 이 짧은 두 소설은 전 세계에서 존경받는 작가의 마지막 말이다. 즉 그의 마지막 문학적 노력이며, 가르시아 마르케스가 자신의 문학 세계를 통일성 있게 마무리하는 작품이다. 바로 여기에 『8월에 만나요』의 중요성이 있다. 가르시아 마르케스의 이 마지막 소설을 읽지 않는 것은 『백년의 고독』의 마지막 장을 읽지 않고 건너뛰는 것과 같다.

모든 작가는 명성이나 특권에 상관없이 잘못 이해되기 일쑤다. 가르시아 마르케스는 25세 때 그의 첫 번째 소설 『썩은 잎』을 읽은 오만방자한 아르헨티나 편집인에게 다른 직업을 찾으라는 조언을 들었다. 그리고 1961년에 세 번째 소설 『불행한 시간』은 중요한 문학상을 받았지만, 무례하고 상스러운 언어를 순화해야만 상을 주겠다는 심사 위원 중 한 명이었던 어느 주교가 내건 조건을 받아들여야만 했다. 그래서 처음에는 『이 빌어먹을 마을』이었던 제목이 『불행한 마을』로 바뀌게 되었다. 또한 그 소설은 '무식한' 편집자가 콜롬비아의 스페인어를 스페인의 스페인어로 옮기는 모욕을 당하게 된다.

심지어 이미 유명한 작가가 되었을 때도 그는 퇴짜 맞는 굴욕을 맛보았다. 노벨 문학상을 받기 일 년 전인 1981년에 《더 뉴요커》는 그의 단편 소설 「눈 속에 흘린 당신 피의 흔적」을 게재할 수 없다고 통보했다. 독자들이 그 과감하고 황당하며 아름다운 내용을 수용하지 못한다는 것이었다. 하지만 장미 가시에 손가락이 찔려 죽은 사람에는 릴케도 있는데, 왜 황당하다며 수용하지 못한다는 것일까? 그리고 그의 소설 『8월에 만나요』는 단 한 사람의 황당한 의견 때문에 침묵을 선고받았다. 가르시아 마르케스가 죽은 2014년부터

이 소설은 기록 보관소에 보관되어 있어서, 아주 소수의 독자만 읽을 수 있었다. 그러나 이 소설이 그의 문학 세계의 마무리 작품으로 손색이 없다는 것은 의심의 여지가 없다.

이 소설 마지막 장의 첫 번째 초고는 마지막 남은 힘을 다해 작품을 쓰려고 고군분투하는 한 남자의 모습을 보여 준다. 우리는 그가 나이를 먹으면서 점점 심해지는 기억 상실을 극복하는 데 많은 어려움을 겪었을 것이라고 익히 상상할 수 있다. 그는 마지막 작업에서 모든 힘을 잃었고, 자기 책이 출간되는 것을 볼 수 없었다. 하지만 그의 노력은 충분히 존경받아 마땅하다.

4

『8월에 만나요』는 가르시아 마르케스의 작품 세계를 마무리하는 소설이다. 불륜을 통해 자유를 찾는 중년 여인의 관점에서 서술되었으며, 음악과 자기 어머니와의 화해가 중요한 요소로 작용한다. 그리고 '불륜'이 중요한 동기이기에, 성폭력과 소아 성도착증으로 심한 비난의 대상이 되었던 『내 슬픈 창녀들의 추억』처럼, 이 작품도 작중 인물의 도덕으로 작가의 도덕을 평가하는 무지한 풍속 경찰의 목표물이 될 수도 있다.

『8월에 만나요』의 가장 주목할 점은 처음으로 가르시아 마르케스가 자기 소설의 주인공을 여성으로 삼았다는 점이다. 『백년의 고독』의 연구자들은 여성 인물을 부각하면서 매우 훌륭하게 구성되었다고 평가했다. 그러자 가르시아 마르케스는 그때까지 그런 능력을 의식하지 못했다고 말하면서, 그건 자기가 여성들의 세계에서 어린 시절을 보냈기 때문이라고 설명했다. 익히 알려져 있듯이, 가르시아 마르케스는 외할머니 트랑킬리나 이과란에게서 기괴하고 특별한 사건들을 자연스럽게 이야기하는 말투를 물려받았다. 그리고 시간이 흐르면서 어머니 루이사 산티아가 마르케스와 아주 가깝게 지냈고, 아내 메르세데스 바르차는 그에게 영감을 주고 지탱해 준 사람이었다. 그러나 『백년의 고독』의 여성 인물들이 훌륭하게 구성되었다는 칭찬은 그에게 역효과로 작용했고, 이후 그의 여성 작중 인물들은 무게감을 상실했다.

창작력이 거의 소멸한 시기에 쓴 『8월에 만나요』에서 가르시아 마르케스는 여성 인물을 완전하게 복구한다. 그녀는 중년 여성으로 가족과 사회의 감옥에서 도망쳐 자기 육체와 자유의 주인이 된다. 또한 이 작품은 음악에 대한 경의이다. 주인공은 요한 제바스티안 바흐의 두 번째 아내와 이름이 같다. 가르시아 마르케스는 무인도에 가게 되면 바흐의 음악을 가져가고 싶다고 여러 번 밝혔다. 음악 이외에도 이 작품은 문학에 대한 경의이기도 하다. 화자는 여주인공이 섬으로 여행할 때 읽은 책들을 보여 준다. 『드라큘라』는 가르시아 마르케스가 좋아하는 작품 중의 하나다. 아나 막달레나 바흐는 환상 문학을 읽는다. 이 소설에서 사소하게 보이면서도 중요한 역할을 하는 건 레이 브래드버리의 『화성 연대기』 3장 「그 여름밤」이다. 이 부분은 조지 고든 바이런 「그녀는 아름답게 걷는다」를 통해 시의 불가해하고 오묘한 본질을 기린다. 또한 브래드버리의 작중 인물이 아나 막달레나처럼 노란 눈을 지니고 있다는 점에서, 바이런의 시는 아나 막달레나 바흐에 대한 간접적인 묘사라고 볼 수 있다.

『8월에 만나요』의 끝부분은 아마도 이 소설이 출

간되어야 하는 가장 큰 이유일 것이다. 어머니와의 재회로 절정에 이르면서 죽음과 삶의 신비한 특권에 대한 성찰을 보여 주는 이 대목은 가르시아 마르케스의 작품 세계에서 큰 의미가 있다. 여기서 여주인공은 어머니의 유해를 바라보지만, 이것은 산 사람들이 죽은 사람들을 바라보는 것에서 끝나지 않고, 죽은 사람이 산 사람이 바라보는 곳 너머를 바라보는 것으로 확장된다. 그렇게 아나 막달레나는 자기 어머니의 시신에 비친 자신을 보고 두 사람의 공동 운명을 이해하는데, 이것은 가히 그의 문학 세계에서 최고라고 말할 수 있는 명장면이다.

『백년의 고독』의 시작 부분에는 한 여자아이가 부모의 유골을 자루에 담아 부엔디아 가족의 집에 도착하는 장면이 있다. 망각의 역병도 가져오는 레베카다. 대부분 독자는 그 소설에서 마우리시오 바빌로니아의 밝고 화려한 노란 나비나 늙은 아우렐리아노 부엔디아 대령의 작은 금붕어는 기억해도 레베카의 첫 이미지는 거의 떠올리지 못한다. 그런데 인생이라는 길의 끝에서 가르시아 마르케스는 유골 담긴 가방의 이미지로 돌아가고자 했던 것 같다. 『8월에 만나요』의 주인공 아나 막달레나 바흐는 “아무렇지도 않게 유골 자루를 질질 끌고” 집으로 돌아온다. 그것이 가르시아 마르케스가 선택한 마지막 이미지였으며, 그것으로 그는 마지막 작품에 마침표를 찍고자 했다.

가르시아 마르케스와 그의 어머니의 관계는 사랑스럽기 그지없었다. 루이사 산티아가 마르케스는 아들의 글을 가장 주의 깊고 세심하게 읽는 사람 중 한 명이었다. 가르시아 마르케스는 어머니의 통찰력 있고 미래를 보는 능력을 물려받았고, 그 덕분에 자신의 삶과 작품에서 제대로 된 방향을 찾을 수 있었다. 그녀는 가르시아 마르케스의 기억과 영혼의 수호자이기도 했다. 그래서 가르시아 마르케스는 마지막 소설이 어머니와의 은밀한 대화가 되기를 원했던 것 같다. 그는 자기가 만든 여주인공을 통해 자기 안에 있는 어머니의 모든 걸 기리고 싶었고, 또한 죽음을 차분하게 받아들이고 죽음 너머로 도약하려는 의지를 표현하고 싶었던 것 같다.

가르시아 마르케스는 평생 고독을 생각하면서 보냈고, 그 수수께끼에 대한 해결책과 답을 사랑에서 발견했다. 사랑을 찾고 갈구하면서, 그는 당대의 가장 유명한 작가가 되었다. 이 마지막 소설의 아이러니는 사랑에 대한 그의 마지막 말이 거부당했고, 그렇게 십 년 동안 침묵과 외로움의 운명을 선고받았다가, 이제야 그 질곡에서 벗어나 사랑을 이야기한다는 것이다.

2024년 2월
송병선

옮긴이 **송병선**

한국외국어대학교 스페인어과를 졸업했다. 콜롬비아 카로이쿠에르보 연구소에서 석사 학위를, 하베리아나 대학교에서 문학 박사 학위를 취득하고 전임 교수로 재직했다. 현재 울산대학교 스페인중남미학과 교수로 재직 중이다. 지은 책으로 『보르헤스의 미로에 빠지기』 등이, 옮긴 책으로 『픽션들』, 『알레프』, 『거미여인의 키스』, 『콜레라 시대의 사랑』, 『말하는 보르헤스』, 『썩은 잎』, 『내 슬픈 창녀들의 추억』, 『모렐의 발명』, 『천사의 게임』, 『꿈을 빌려드립니다』, 『판탈레온과 특별 봉사대』, 『염소의 축제』, 『나는 여기에 연설하러 오지 않았다』, 『족장의 가을』, 『청부 살인자의 성모』 등이 있다. 제11회 한국문학번역상을 수상했다.

8월에 만나요

1판 1쇄 펴냄 2024년 3월 6일
1판 5쇄 펴냄 2024년 10월 14일

지은이 가브리엘 가르시아 마르케스
옮긴이 송병선
발행인 박근섭·박상준
펴낸곳 (주)민음사

출판등록 1966. 5. 19. 제16-490호
주소 서울특별시 강남구 도산대로1길 62(신사동)
강남출판문화센터 5층 (우편번호 06027)
대표전화 02-515-2000 | 팩시밀리 02-515-2007
홈페이지 www.minumsa.com

ISBN 978-89-374-5648-0 03870

* 잘못 만들어진 책은 구입처에서 교환해 드립니다.